DIE LETZTE ZEPHYRHEXE

ERDEM YIGITSOY

Bibliografische Information der Deutschen Nationalbibliothek:
Die Deutsche Nationalbibliothek verzeichnet diese Publikation in der Deutschen Nationalbibliografie; detaillierte bibliografische Daten sind im Internet über http:// dnb.dnb.de abrufbar.

Herstellung und Verlag:
BoD - Books on Demand, Norderstedt

Coverdesign:
Xee Shan

Layoutgestaltung:
Erdem Yigitsoy

ISBN: 978-3-7597-3068-8

Willkommen in Aeloria, einem Reich, in dem die Winde von Magie erfüllt sind und das Unmögliche Wirklichkeit wird. Begleitet von Caelan, einem wagemutigen Kapitän, und Elara, der letzten Zephyrhexe, werdet ihr in

DIE LETZTE

ZEPHYRHEXE

ein Abenteuer erleben, das Mut und Geheimnisse in sich birgt. Taucht ein in eine Welt, in der Freundschaft das größte Abenteuer ist und Mut bedeutet, man selbst zu sein. Dieses Buch ist mehr als nur eine Geschichte; es ist eine Einladung, die Grenzen des Bekannten zu überschreiten und sich auf ein unvergessliches Abenteuer einzulassen. Bereit zum Abflug? Dann lasst uns gemeinsam die Segel setzen und die Magie von Aeloria erleben. Mit einem Herz voller Magie,

ERDEM YIGITSOY

Prolog

In den endlosen Weiten des Himmels, weit über dem festen Boden der alten Welt, entfaltet sich das Reich von Aeloria - ein Geflecht aus schwebenden Inseln, getragen von einer Kraft, so alt und rätselhaft wie das Universum selbst. Diese Inseln, jeder ein eigenes Kleinod der Magie, schweben in einem ewigen Tanz, geführt von den unsichtbaren Strömen der Winde und den geheimen Wünschen der Welt. Das Herz jeder Insel birgt eine Quelle magischer Energie, ein pulsierendes Herz aus reiner Kraft, das nicht nur das Schweben ermöglicht, sondern auch das Leben selbst in seinen vielfältigen Formen nährt. Die Landschaften von Aeloria sind ebenso vielfältig wie ihre Bewohner;

von üppigen, blühenden Gärten, die in einem ewigen Frühling zu schwelgen scheinen, über schroffe, schneebedeckte Gipfel, die in die Himmel ragen, bis hin zu geheimnisvollen Nebelinseln, deren Schleier nur selten lüften, um die Schätze und Geheimnisse preiszugeben, die darunter verborgen liegen. Die schwebenden Inseln sind durch ein Netzwerk aus Luftwegen verbunden, über die Luftschiffe gleiten, angetrieben von Windmagie und dem Einfallsreichtum ihrer Kapitäne. Diese Schiffe sind die Lebensadern zwischen den Inseln, tragen Handelsgüter, Nachrichten und Reisende durch die Lüfte und weben so ein Band der Einheit zwischen den sonst so isolierten Welten. Doch Aeloria ist nicht nur ein Ort der Schönheit und des Wunders. In seinen Schatten lauern Konflikte, angetrieben von Machtgier und der Furcht vor dem, was anders ist. Einmal gab es eine Zeit, in der die Zephyrhexen, mächtige Magierinnen, die die Winde selbst zu lenken vermochten, über die Lüfte herrschten. Doch ihre Zeit ist vorbei, verdrängt durch die eiserne Hand der windlosen Königin, die jede Form von Magie, die sie nicht kontrollieren kann, fürchtet und verbietet. Es ist in dieser Welt, wo unser Abenteuer beginnt, in den Lüften zwischen den Inseln, auf einem Luftschiff, dessen Kapitän, ein junger Mann mit dem Herzen eines Entdeckers, auf dem Weg ist, sein Schicksal zu finden. Unwissend, dass das Schicksal selbst bereits den Kurs auf ihn genommen hat, in der Form einer gefesselten Gefangenen, die mehr ist, als das Auge sieht - die letzte Zephyrhexe, deren Kräfte versiegelt sind, deren Geheimnisse jedoch den Schlüssel zur Rettung oder zum Untergang von Aeloria bergen könnten. So beginnt unsere Geschichte, an der Schwelle zu einem Abenteuer, das durch die Winde der Veränderung getrieben wird, ein Ruf, der die mutigsten und die wagemutigsten Herzen herausfordert, aufzustehen und dem Sturm zu begegnen. Denn in Aeloria, in diesem Land der schwebenden Inseln, liegt die Wahrheit nicht in dem, was man sieht, sondern in dem, was man zu enthüllen bereit ist.

Die Geschichte von Aeloria

In den Anfängen der Zeit, weit bevor die ersten Chroniken der Menschheit geführt wurden, entstand Aeloria, ein Reich von unermesslicher Schönheit und Magie. Die Legende erzählt, dass die Welt nicht durch die Hand der Götter geschaffen wurde, wie man es von anderen Mythen kennt, sondern durch das Wirken der Urwinde, geheimnisvolle und mächtige Kräfte, die das Fundament aller Existenz bilden. Diese Urwinde, so sagt man, tanzten in einem wilden, ungezähmten Sturm durch das Nichts, webten dabei die Grundfäden der Realität und formten aus dem Chaos die schwebenden Inseln von Aeloria. Es war ein Prozess von Äonen, in dem Staub und Energie sich sammelten, verdichteten und schließlich zu festem Grund wurden, der sich hoch über dem endlosen

Abgrund erhob. Jede Insel, einzigartig in ihrer Beschaffenheit, schwebte durch die Kraft der Winde, die auch weiterhin durch ihre Täler und über ihre Gipfel strichen, ein ewiges Band zwischen ihnen webend. Doch die Urwinde hinterließen mehr als nur die physische Form Aelorias; sie hauchten der Welt auch das Geschenk der Magie ein. Diese Magie, so vital und allgegenwärtig wie die Luft zum Atmen, durchdrang jedes Atom der schwebenden Inseln, ermöglichte es den ersten Bewohnern, die Winde selbst zu lenken und mit ihnen zu kommunizieren. Es war eine Zeit, in der die Grenzen zwischen dem Natürlichen und dem Übernatürlichen verschwommen waren, wo jedes Wesen, jede Pflanze und jeder Stein von der tiefen, unerschöpflichen Magie der Urwinde durchzogen war. Mit der Zeit lernten die Bewohner Aelorias, diese magischen Ströme zu meistern und zu formen, schufen damit eine Zivilisation, die in Harmonie mit den Kräften um sie herum existierte. Sie errichteten Städte, die auf den unendlichen Luftströmen tanzten, und schufen Artefakte von unvorstellbarer Macht. Doch mit großer Macht kam auch große Verantwortung, und Geschichten von jenen, die versuchten, die Winde zu beherrschen und damit die Balance der Welt zu stören, wurden als Mahnungen von Generation zu Generation weitergegeben. So beginnt die Saga von Aeloria, einer Welt, geboren aus dem Herzsturm der Urwinde, ein Ort, wo die Grenzen des

Möglichen nur durch die Tiefe der eigenen Vorstellungskraft gesetzt sind. Es ist ein Reich, das darauf wartet, erkundet zu werden, voller Geheimnisse, die in den Winden flüstern, bereit, von jenen enthüllt zu werden, die mutig genug sind, ihnen zu lauschen. In den Annalen Aelorias, jenem Reich der schwebenden Inseln und magischen Winde, sind zahlreiche Ereignisse verzeichnet, die das Schicksal seiner Bewohner tiefgreifend prägten. Unter diesen ragt die Epoche der Großen Vereinigung hervor, ein goldenes Zeitalter, in dem die zersplitterten Inselreiche unter dem Banner des Großen Rates geeint wurden. Dieser Rat, bestehend aus den weisesten Magiern, Kriegern und Gelehrten aller Inseln, schuf ein Zeitalter des Friedens und der Prosperität, wie es Aeloria zuvor noch nie erlebt hatte. Doch wie oft in der Geschichte, folgte auf eine Zeit des Lichts eine des Dunkels. Die Schattenzeit, wie sie später genannt wurde, begann mit dem Aufstieg der Schattenseher, dunklen Magiern, die sich verbotenen Künsten verschrieben hatten. Sie säten Zwietracht und Angst unter den Inseln, führten Kriege an, die alte Bündnisse zerbrachen und das Vertrauen in den Großen Rat untergruben. Es war eine Zeit, in der Bruder gegen Bruder stand und die dunklen Wolken am Himmel mehr waren als nur Vorboten eines Sturms. Aus der Asche dieser Konflikte erhob sich jedoch die Ära der Zephyrhexen, mächtige Magierinnen, die die Winde selbst zu lenken wussten. Sie brachten den Bewohnern von Aeloria bei, die Macht der Winde für den Wiederaufbau und die Heilung zu nutzen. Unter ihrer Führung kehrte der Frieden langsam zurück, und die Inseln erlebten eine Renaissance der Magie und Künste, die in den Legenden von Aeloria bis heute weiterlebt. Doch kein Zeitalter währt ewig. Die Zephyrhexen, einst verehrt und gefeiert, fielen einer schleichenden Paranoia zum Opfer. Die windlose Königin Lysandra, die durch eine List den Thron bestieg, fürchtete ihre Macht und verbannte sie in einem Akt der Tyrannei. Mit den Zephyrhexen verschwanden auch die starken Winde, die Aelorias Himmel einst durchzogen hatten. Die Inseln, nun in einer fast windstillen Stille gefangen, wurden Zeugen, wie ihre einst blühenden Gärten und weiten Felder verdorrten. Dieser Akt der Unterdrückung markierte den Beginn der dunkelsten Periode in Aelorias Geschichte, einer Zeit, in der die Freiheit der Magie einem eisernen Griff der Kontrolle wich. Doch wie die Geschichte lehrt, sind es oft die größten Herausforderungen, die die wahren Helden hervorbringen. In den Schatten der Unterdrückung regte sich Widerstand, angeführt von denjenigen, die glaubten, dass die Magie – die Essenz Aelorias selbst – frei sein sollte. So sind die Chroniken Aelorias nicht nur ein Zeugnis vergangener Größe und Tragödie, sondern auch eine Erinnerung daran, dass Hoffnung selbst im tiefsten Dunkel einen Weg findet. Die Geschichte Aelorias, reich an Wendungen und geprägt von den unerschütterlichen

Geistern seiner Bewohner, wartet darauf, weitergeschrieben zu werden, in den Herzen und Taten derer, die mutig genug sind, für die Freiheit der Winde zu kämpfen. In den Wirren, die auf die Schattenzeit folgten, erblühte ein neues Zeitalter, geprägt von Weisheit und Harmonie, durch das Wirken einer außergewöhnlichen Gruppe: der Zephyrhexen. Diese außergewöhnlichen Magierinnen, geboren aus der Asche vergangener Kriege, entdeckten die tiefen Geheimnisse der Winde und lernten, sie mit einer Präzision und Anmut zu lenken, die Aeloria bis dahin unbekannt war. Ihr Aufstieg markierte den Beginn einer Epoche, in der die Inseln näher zusammenrückten, verbunden durch die sanften Ströme und Stürme, die auf ihren Befehl hin wehten. Die Zephyrhexen, Hüterinnen der Windmagie, wurden nicht nur für ihre Macht verehrt, sondern auch für ihr tiefes Verständnis von Gerechtigkeit und ihr Engagement für das Wohl Aelorias. Unter ihrer Führung erlebte das Reich eine Blütezeit der Künste und Wissenschaften. Die Magie der Winde ermöglichte es den Menschen, zwischen den Inseln zu reisen, Handel zu treiben und Wissen auszutauschen wie nie zuvor. Die Zephyrhexen waren es, die das Volk von Aeloria in die Prinzipien des harmonischen Zusammenlebens mit der Natur einweihten und ihnen beibrachten, die Gaben ihrer Welt mit Bedacht und Achtsamkeit zu nutzen. Doch mit der Zeit begann das Gleichgewicht zu wanken. Die Macht der Zephyrhexen, so lebensspendend sie auch war, weckte

Neid und Gier in den Herzen einiger, die nach Herrschaft strebten. Am schicksalhaftesten war der Aufstieg der windlosen Königin Lysandra, deren Herz so kalt war wie die windstillen Täler, die sie zu schaffen gedachte. Lysandra sah in den Zephyrhexen eine Bedrohung für ihren Thronanspruch und schmiedete im Geheimen Pläne, ihre Macht zu brechen. Unter dem Deckmantel der Einheit und Sicherheit spann Lysandra ein Netz aus Intrigen und Verrat, das selbst die weisesten unter den Zephyrhexen nicht durchschauen konnten. Mit List und durch den Einsatz dunkler Magie gelang es ihr, die Zephyrhexen zu isolieren und die öffentliche Meinung gegen sie zu wenden. Die einst Verehrten wurden nun gefürchtet und verfolgt, ihre Präsenz als Omen kommenden Unheils gedeutet. Der Fall der Zephyrhexen kam schließlich schnell und war brutal. Einer nach dem anderen wurden sie gefangen genommen, ihre Kräfte versiegelt und sie selbst in die Verbannung geschickt. Mit ihrem Verschwinden verloren die Inseln ihre Beschützerinnen, und die Winde, die einst Aelorias Stolz waren, verstummten zusehends. Die Welt wurde ein Schatten ihrer selbst, gefangen unter der eisernen Faust Lysandras, die ohne die Mäßigung der Zephyrhexen eine Ära der Unterdrückung einleitete. Doch die Legende der Zephyrhexen lebt weiter, in den stillen Winden, die noch immer flüstern, und in den Herzen derer, die glauben, dass eines Tages die Winde wieder frei wehen und Aeloria aus seinem dunklen Schlaf erwachen wird. So bleibt die

Saga der Zephyrhexen, ihr Aufstieg und ihr Fall, ein zentrales Kapitel in der Geschichte Aelorias, ein Mahnmal der Vergänglichkeit der Macht und der Hoffnung, die nie stirbt. In den Schatten der Geschichte Aelorias, jenseits der Legenden der Zephyrhexen und der Epen der Großen Vereinigung, verbirgt sich die düstere Gestalt der windlosen Königin Lysandra. Ihre Herkunft ist umwoben von Geheimnissen und Flüstern, geboren aus den dunkelsten Ecken der Machtgier und des Verrats. Lysandra stammte nicht aus königlichem Blut; vielmehr war ihr Aufstieg zum Thron ein Meisterwerk der Manipulation und der skrupellosen Strategie. Als Tochter eines einflussreichen, jedoch in Ungnade gefallenen Adeligen, erfuhr Lysandra früh die bitteren Lehren der Machtlosigkeit und des Verlangens nach Aufstieg. Ihr Verstand war scharf, ihre Entschlossenheit unerbittlich, und ihr Herz, so sagte man, kannte weder Liebe noch Reue. Sie studierte die dunklen Künste, verbotene Magie, die weit über die einfache Kontrolle der Elemente hinausging, und schmiedete Allianzen mit jenen, die, wie sie, nach mehr dürsteten. Ihre Regentschaft begann in einer Zeit des Umbruchs, als die Macht der Zephyrhexen und der Glaube an die alten Wege zu schwinden begannen. Lysandra erkannte die Gelegenheit, ihre eigenen Ambitionen zu verwirklichen. Mit einer Mischung aus Charme und Einschüchterung, mit Versprechungen und Drohungen, schwang sie sich zur Herrscherin auf und versprach, Aeloria in eine neue Ära zu führen. Doch ihre Vision war eine andere als die ihrer Vorgänger. Unter Lysandras Herrschaft wurden die Winde selbst zu Gefangenen. Sie erkannte, dass die wahre Macht nicht darin lag, die Elemente zu beherrschen, sondern sie zu unterdrücken. Die Zephyrhexen, einst Hüterinnen des Gleichgewichts und der Harmonie, wurden zu Sündenböcken erklärt, zu Bedrohungen, die es zu eliminieren galt. Mit jeder Hexe, die fiel, mit jedem Wind, der verstummte, wuchs Lysandras Macht. Doch Lysandras Regime war kein unangefochtenes. Rebellionen flackerten auf, geführt von jenen, die sich an die Zeiten der Freiheit erinnerten, die wussten, dass Aeloria mehr war als ein Reich der Stille und des Stillstands. Lysandra reagierte mit eiserner Faust, ließ die Rebellen verfolgen und ihre Anführer öffentlich hinrichten. Ihre Herrschaft, obwohl unbestritten mächtig, war geprägt von Furcht und Misstrauen, von einem ewigen Kampf gegen die Schatten ihrer Vergangenheit und die Geister ihrer Entscheidungen. Die windlose Königin, so wird sie in den Liedern genannt, regiert ein Reich, das seine Seele verloren hat. Die einst lebhaften Inseln sind nun Gefängnisse der Stille, ihre Bewohner Gefangene einer Herrscherin, deren Herz so kalt ist wie der windlose Himmel über ihnen. Doch solange Geschichten von Freiheit und Widerstand geflüstert werden, solange der Glaube an eine Rückkehr der Winde lebt, ist Lysandras Herrschaft nie sicher. In den Tiefen der Stille, im Flüstern der verbliebenen Brisen, liegt die Hoffnung auf Veränderung, auf das Ende einer Ära der Unterdrückung und den Beginn einer neuen Geschichte Aelorias.

Geographie und Gesellschaft

Im Herzen von Aeloria, wo der Himmel nicht nur eine Grenze, sondern auch ein Grund ist, auf dem Leben gedeiht, schweben die Inseln wie Juwelen in einem endlosen Meer aus Wolken. Jede Insel präsentiert sich mit individuellen Charakteristika und verborgenen Schätzen, die darauf warten, von Entdeckern enthüllt zu werden. Die Insel Thaloria, bekannt als das Juwel der Lüfte, ist umgeben von einem immerwährenden Schleier aus goldenem Nebel, der im Sonnenlicht funkelt. Ihre Erde ist fruchtbar, gesegnet mit üppigen Wäldern und kristallklaren Flüssen, die das Herz eines jeden Naturfreundes höherschlagen lassen. Thaloria ist das Zentrum des Handels und der Kunst, eine Insel, auf der

Bardenlieder ebenso geschätzt werden wie das geschickte Feilschen auf den bunten Märkten. Weiter im Norden liegt Zephyria, die Insel der Winde, ein Ort, wo die Luft lebendig zu sein scheint. Die Landschaft ist geprägt von hohen Plateaus und tiefen Tälern, durch die die Winde wie durch die Saiten einer Harfe wehen. Hier wurden die Geheimnisse der Windmagie einst gemeistert, und die Architektur der schwebenden Türme und Brücken zeugt von dieser tiefen Verbindung zur Luft. Im Schatten von Zephyria befindet sich Nimbos, die Insel des ewigen Sturms. Blitze zucken über den dunklen Himmel, und Donner hallt zwischen den zerklüfteten Felsen wider. Doch inmitten dieser scheinbar feindseligen Umgebung blüht das Leben in den geschützten Tälern, wo die Bewohner gelernt haben, die Energie der Stürme zu nutzen, um ihre Heime zu beleuchten und ihre Maschinen anzutreiben. Im Osten schwebt Aeria, die Insel der Lieder, umhüllt von einer sanften Brise, die stets Melodien zu tragen scheint. Die Architektur hier ist eine Hommage an die Schönheit der Musik, mit Gebäuden, die wie Instrumente gestaltet sind und bei Wind klingen. Aeria ist die Heimat der Musiker und Dichter, deren Werke über die Grenzen Aelorias hinaus bekannt sind. Ganz anders präsentiert sich Pyralis, die feurige Insel, deren Herz ein aktiver Vulkan ist. Ihre Landschaft ist rau, geformt aus Lava und Asche, doch sie birgt auch fruchtbare Böden, die die intensivsten Gewürze und robustesten Pflanzen hervorbringen. Die Pyralianer sind bekannt für ihre Schmiedekunst und ihre unerschütterliche Lebensfreude, die sie selbst in den rauen Bedingungen ihrer Heimat bewahren. Diese Inseln, jede mit ihren eigenen Traditionen und Geheimnissen, bilden das Mosaik von Aeloria. Trotz ihrer Unterschiede sind sie durch die Winde verbunden, die zwischen ihnen wehen, ein unsichtbares Netz, das den Austausch von Ideen, Waren und Geschichten ermöglicht. Die schwebenden Inseln von Aeloria sind ein Beweis für die Vielfalt und Schönheit der Natur, ein Ort, wo Magie nicht nur in den alten Legenden existiert, sondern in jedem Windhauch, der die Segel der Luftschiffe bläht und die Seelen der Bewohner berührt. Im pulsierenden Herzen Aelorias, einer Welt, in der die Winde das Schicksal der schwebenden Inseln lenken, hat sich eine komplexe Gesellschaftsstruktur entwickelt, die so vielfältig ist wie die Inseln selbst. In diesem Reich, wo Magie und Technologie Hand in Hand gehen, sind die sozialen Klassen und Berufe untrennbar mit den einzigartigen Fähigkeiten und Traditionen ihrer Bewohner verwoben. An der Spitze der gesellschaftlichen Hierarchie stehen die Magier, deren Fähigkeiten es ihnen ermöglichen, die Elemente zu kontrollieren und zu formen. Innerhalb dieser Elite gibt es eine besondere Anerkennung für die Windweber, jene, die die Winde lenken können – ein Relikt aus der Zeit der Zephyrhexen. Ihre Gabe ist nicht nur ein Symbol der Macht, sondern auch ein essentielles

Werkzeug für das Überleben und Wohlergehen aller auf den schwebenden Inseln. Unter den Magiern finden sich die Händler und Kaufleute, deren Handelsnetzwerke sich über die gesamte Welt erstrecken. Sie sind die Lebensadern des Handels, die exotische Waren und kostbare Güter zwischen den Inseln transportieren. Ihre Flotten von Luftschiffen, die von den Winden getragen werden, sind ein häufiger Anblick am Himmel Aelorias. Der Reichtum und Einfluss eines Kaufmanns können ihn in den Augen vieler fast mit einem Magier gleichstellen. Die Handwerker und Schmiede bilden das Rückgrat der Gesellschaft. Ihre Fertigkeiten in der Bearbeitung von Metall, Stein und anderen Materialien sind unübertroffen, und ihre Arbeit ermöglicht den Bau und die Erhaltung der beeindruckenden Architektur, die Aeloria prägt. Unter ihnen sind die Meisterschmiede von Pyralis besonders bekannt, deren Kunstwerke und Waffen legendär sind. Einzigartig für Aeloria ist die Klasse der Windfänger, jene, die sich darauf spezialisiert haben, die Macht des Windes in praktischer Weise zu nutzen. Sie sind nicht nur für die Navigation und Steuerung der Luftschiffe verantwortlich, sondern auch für das Gleichgewicht der Winde, das die Inseln in der Schwebe hält. Ihre Rolle ist von unschätzbarem Wert, und ihre Fähigkeiten werden von Generation zu Generation weitergegeben. In den tieferen Schichten der Gesellschaft finden sich die Bauern und Arbeiter, die das Land bearbeiten und die grundlegenden Bedürfnisse der

Bevölkerung sicherstellen. Trotz ihrer niedrigeren Position in der Hierarchie sind ihre Beiträge unverzichtbar für das Wohl der Gemeinschaft. Ihre harte Arbeit ernährt die Bevölkerung und hält die Räder der Gesellschaft am Laufen. Doch in den Schatten dieser strukturierten Welt leben auch jene, die außerhalb der gesellschaftlichen Ordnung stehen: die Ausgestoßenen, Rebellen und diejenigen, die sich den dunklen Künsten verschrieben haben. Sie bilden ein Gegenbild zur etablierten Ordnung, herausgefordert durch die Grenzen, die ihnen auferlegt wurden, und oft in Konflikt mit den Hütern des Gesetzes. Diese gesellschaftliche Struktur, geprägt durch eine Mischung aus Tradition, Magie und dem unablässigen Streben nach Fortschritt, bildet das Fundament von Aelorias komplexer Gesellschaft. Jede Klasse, jeder Beruf trägt auf seine Weise zum großen Ganzen bei, verwoben in ein Netz aus Abhängigkeiten, das so delikat ist wie die Winde selbst. In Aeloria ist jeder Bewohner, von den mächtigsten Magiern bis hin zu den bescheidensten Arbeitern, ein wichtiger Teil des Lebensgefüges, das diese schwebenden Inseln zusammenhält. In den Weiten von Aelorias schwebenden Inseln, wo die Lüfte nicht nur das Element des Lebens, sondern auch der Verbindung sind, entfaltet sich ein komplexes Netzwerk aus Wirtschaft und Handel, das so lebendig und dynamisch ist wie die Winde selbst. Die Grundlage dieses Netzwerkes bildet ein ausgeklügeltes System von Handelsrouten, das sich über den Himmel spannt, getragen von den unermüdlichen Luftschiffen, die zwischen den Inseln hin und her navigieren. Die wirtschaftliche Vitalität Aelorias ist in der einzigartigen Spezialisierung jeder Insel verwurzelt. Thaloria, mit seinen fruchtbaren Böden, ist der Korb, der die Bevölkerung mit Nahrung versorgt. Seine Felder und Wälder bieten eine Fülle von Erzeugnissen, die auf anderen Inseln begehrt sind, von saftigen Früchten bis zu heilkräftigen Kräutern. Die Handwerkskunst von Pyralis, wo das Feuer des Zentralvulkans nicht nur eine ständige Herausforderung, sondern auch eine Quelle der Inspiration darstellt, produziert Werkzeuge und Waffen, die in ganz Aeloria geschätzt werden. Zephyria, die Insel der Winde, bietet neben der meisterhaften Windmagie auch technologische Wunderwerke, die es ermöglichen, die Kraft der Lüfte zu nutzen. Von Windmühlen, die Getreide mahlen, bis zu komplexen Mechanismen, die die Luftschiffe antreiben, sind ihre Erfindungen essenziell für das Funktionieren des täglichen Lebens auf den schwebenden Inseln. Nimbos, die stürmische Insel, ist trotz ihres unwirtlichen Klimas eine Quelle für seltene Mineralien, die in den Tiefen ihrer Berge verborgen liegen. Die Schmiede und Handwerker aller Inseln begehren diese Materialien für ihre magischen und physischen Eigenschaften, die es ermöglichen, Gegenstände von unvergleichlicher Qualität zu erschaffen. Der Handel zwischen den Inseln wird durch eine komplexe Logistik von Luftschiffen ermöglicht, die speziell dafür konstruiert sind, die variablen Winde und Wetterbedingungen zu meistern. Diese Luftschiffe sind nicht nur Transportmittel, sondern auch Symbole der Verbindung und des kulturellen Austauschs zwischen den Inseln. Sie tragen nicht nur Waren, sondern auch Nachrichten, Geschichten und Ideen, die die kulturelle Vielfalt und Einheit Aelorias stärken. Die Organisation dieses Handels obliegt den Händlern und Kaufleuten, deren Gilden und Handelshäuser die wirtschaftlichen Interessen ihrer Inseln vertreten. Diese Handelseliten agieren als Diplomaten, Navigatoren und manchmal auch als Abenteurer, immer auf der Suche nach neuen Möglichkeiten und Märkten, um den Wohlstand ihrer Heimat zu mehren. Doch der Handel in Aeloria ist nicht ohne Herausforderungen. Piraten, die in den weniger befahrenen Luftwegen lauern, stellen eine ständige Bedrohung dar, ebenso wie die unberechenbaren Stürme von Nimbos, die selbst die erfahrensten Kapitäne auf die Probe stellen können. Um diesen Gefahren zu begegnen, sind die Handelsrouten sorgfältig geplant, und die Luftschiffe selbst sind mit Verteidigungsmechanismen ausgestattet, die es ihnen ermöglichen, sich gegen Überfälle zu verteidigen. In diesem Netz aus Wirtschaft und Handel, das von den Winden getragen wird, spiegelt sich die Essenz von Aeloria wider: eine Welt, die trotz ihrer Fragmentierung durch die schwebenden Inseln in tiefem Einvernehmen verbunden ist. Der Handel zwischen den Inseln ist das Lebensblut, das dieses einzigartige Reich zusammenhält, eine ständige Erinnerung daran, dass in der Vielfalt und im Austausch die wahre Stärke liegt. Im Herzen von Aeloria, einem Reich, das durch die Magie der Winde und die schwebenden Inseln definiert wird, webt sich ein reichhaltiges Tapestry kultureller Identitäten, die so vielfältig sind wie die Landschaften, aus denen sie stammen. Jede Insel, ein Mikrokosmos eigener Traditionen und Bräuche, prägt ihre Bewohner auf einzigartige Weise, während der stete Austausch durch Handel und Reisen eine gemeinsame kulturelle Basis schafft, die das Volk von Aeloria vereint.

Die Kulturellen Unterschiede

Auf Thaloria blühen Kunst und Poesie; die Bewohner legen großen Wert auf die Schönheit des Wortes und der Malerei. Ihre Festivals sind ein Schauspiel aus Farben und Klängen, bei denen Geschichtenerzähler und Künstler aus allen Teilen Aelorias zusammenkommen, um ihre Werke zu präsentieren. Thalorische Küche zeichnet sich durch eine Vielzahl an Geschmäckern aus, geprägt durch die reiche Ernte ihrer Felder. In Zephyria hingegen ist die Verbindung zum Wind nicht nur eine Frage der Magie, sondern auch ein zentraler Bestandteil der Kultur. Die Zephyrianer sind bekannt für ihre Fähigkeit, die

Luftströme zu lesen und zu navigieren, eine Fertigkeit, die in ihren Tänzen und Ritualen zum Ausdruck kommt. Ihre Architektur ist darauf ausgelegt, mit den Winden zu harmonieren, wodurch ihre Städte und Heime mit der Luft selbst zu atmen scheinen. Nimbos, die Insel des ewigen Sturms, hat eine Gemeinschaft hervorgebracht, die durch die Herausforderungen ihrer Umgebung geprägt ist. Ihre Bewohner sind zäh und unerschütterlich, mit tief verwurzelten Traditionen, die den Respekt vor der Natur und ihren ungebändigten Kräften lehren. Die Kunst des Überlebens ist hier von größter Bedeutung, manifestiert in der robusten Bauweise ihrer Heime und der Einfachheit ihrer Speisen, die dennoch reich an Nährstoffen sind. Pyralis' Bewohner, geformt durch das Feuer ihres heimatlichen Vulkans, zelebrieren die Schmiedekunst als höchste Kunstform. Ihre Festivals sind ein Schauspiel aus Funken und Flamme, bei denen die Schmiede ihre Fähigkeiten in Wettbewerben messen. Ihre Gesellschaft ist stark meritokratisch geprägt, wo der Wert eines Individuums durch dessen Handwerk und Beitrag zur Gemeinschaft definiert wird.

Die Kulturellen Gemeinsamkeiten

Trotz dieser Unterschiede teilen die Bewohner Aelorias eine tiefe Verbundenheit mit den Elementen und der Magie, die ihr Leben prägt. Die Ehrfurcht vor der Natur und den Kräften, die ihre Welt formen, ist ein universeller Wert, der sich in jedem Aspekt ihres Lebens widerspiegelt – von der Architektur bis zur Spiritualität. Ein weiteres verbindendes Element ist das Fest des Windes, ein jährliches Ereignis, das auf allen Inseln gefeiert wird. Es symbolisiert die Einheit Aelorias und die Dankbarkeit gegenüber den Winden, die Leben und Wohlstand bringen. Während dieses Festes werden die Unterschiede beiseitegelegt, und die Bewohner teilen Geschichten, Speisen und Freuden, ein lebendiges Zeugnis der Brüderlichkeit, die über alle kulturellen Grenzen hinweg besteht. Handel und Reisen fördern zudem einen regen kulturellen Austausch, der die Gesellschaften bereichert und für ein dynamisches Miteinander sorgt. Durch diese Interaktionen entstehen neue Traditionen, die zwar spezifisch für Aeloria sind, aber aus einem Mosaik kultureller Einflüsse bestehen. In Aeloria, wo die Winde die Geschichten von Insel zu Insel tragen, ist die kulturelle Vielfalt eine Quelle des Stolzes und der Stärke. Die Bewohner schätzen ihre einzigartigen Traditionen, während sie gleichzeitig die Gemeinsamkeiten feiern, die sie als ein Volk vereinen – ein Volk, das durch die Winde verbunden ist und dessen Kulturen so vielschichtig und bewegend sind wie die Lüfte, die ihre Heimat umgeben.

Die Magie in Aeloria

In den Tiefen des Äthers, jenem unsichtbaren Ozean, der die Welt von Aeloria umhüllt und durchdringt, findet sich der Ursprung aller Magie. Diese Kraft, so alt wie das Universum selbst, ist das Lebensblut, das durch die Adern der Welt fließt, ein ewiges Flüstern, das die Geheimnisse der Existenz birgt. In Aeloria ist Magie mehr als nur ein Werkzeug oder eine Kunst; sie ist ein integraler Bestandteil des Lebens.

Die Quellen der Magie

Die Quellen der Magie in Aeloria sind so vielfältig wie die

Landschaften, die den Horizont dieses wunderbaren Reichs prägen. An erster Stelle steht die Essenz der Winde, eine unerschöpfliche Kraft, die die schwebenden Inseln trägt und den Bewohnern die Fähigkeit verleiht, die Lüfte zu formen und zu lenken. Diese Windmagie, geerbt von den legendären Zephyrhexen, ist das Herzstück der aelorischen Magie, ein Symbol für Freiheit und Macht. Doch die Winde sind nicht die einzige Quelle. Die Erde selbst, mit ihren tiefen Wurzeln und verborgenen Adern, birgt eine urtümliche Magie. Diese Erdmagie, genährt von den Mineralien und dem Leben, das in ihrem Schoß gedeiht, bietet Schutz und Nahrung. Sie ist die Wächterin des Wachstums und der Erneuerung, die den Bauern ihre Ernten segnet und den Handwerkern die Beständigkeit ihrer Werke verleiht. Das Feuer, entfacht im Herzen von Pyralis' Vulkan, ist eine weitere mächtige Quelle. Diese Feuermagie ist wild und unberechenbar, eine Zunge aus lebendiger Flamme, die sowohl zerstören als auch erschaffen kann. Die Schmiede von Pyralis zähmen diese Kräfte, um Metall zu formen und Waffen von unvergleichlicher Schärfe zu schaffen. Das Wasser, das in den Flüssen und Seen von Thaloria fließt, trägt ebenfalls Magie in sich. Diese Wassermagie, sanft und heilend, ist die Quelle des Lebens und der Reinigung. Sie flüstert in den Bächen und Strömen, ein Lied von Heilung und Hoffnung, das die Herzen der Bewohner beruhigt und ihre Wunden heilt.

Die Lehre der Magie

Die Kunst, diese magischen Kräfte zu nutzen, ist ein Weg, der Disziplin und Verständnis erfordert. In Aeloria wird die Lehre der Magie in den alten Akademien und Geheimzirkeln gepflegt, wo Meister ihre Weisheit an die nächste Generation weitergeben. Diese Ausbildung ist nicht nur ein Studium der Zaubersprüche und Rituale, sondern auch eine Reise des Selbstverständnisses, ein Prozess, durch den der Magier lernt, mit der Welt um ihn herum in Harmonie zu leben. Magie in Aeloria ist jedoch nicht ohne ihre Risiken. Die Balance der Kräfte ist ein zerbrechliches Gleichgewicht, das bewahrt werden muss. Missbrauch oder Fahrlässigkeit kann zu Katastrophen führen, die die Inseln und ihre Bewohner bedrohen. Daher ist die höchste Tugend eines Magiers nicht die Stärke seiner Macht, sondern die Weisheit, mit der er sie einsetzt. In diesem Reich, wo der Äther flüstert und die Elemente tanzen, ist Magie das Band, das alles verbindet, eine Quelle unendlicher Möglichkeiten und tiefgreifender Verantwortung. Die Magier von Aeloria, Bewahrer dieses heiligen Wissens, sind nicht nur Machthaber, sondern auch Hüter des Gleichgewichts, das das Leben in dieser wundersamen Welt ermöglicht. In der faszinierenden Welt von Aeloria, wo die Inseln nicht durch das Wasser, sondern durch die Lüfte getrennt und verbunden sind, nimmt die Windmagie eine zentrale Stellung ein. Sie ist das pulsierende Herz des Reiches, eine Kraft, die nicht nur die physische Welt prägt, sondern auch das soziale Gefüge, die Kultur und die Träume seiner Bewohner.

Die Essenz der Windmagie

Die Windmagie ist eine uralte Kunst, gewoben aus dem Atem der Götter selbst, so erzählen es die Mythen. Sie durchdringt jede Brise, jeden Sturm und jeden Hauch, der über die Inseln weht. Für die Bewohner Aelorias ist sie mehr als nur eine Energiequelle; sie ist ein ständiger Begleiter, ein lebensspendendes Element, das die Segel ihrer Schiffe bläht, die Mühlen antreibt und die Luft reinigt. Doch ihre Macht reicht weit über diese alltäglichen Nutzungen hinaus. Sie formt das Wesen der Gesellschaft, definiert Rituale und Bräuche und inspiriert Künstler und Dichter.

Windmagie im Leben Aelorias

Im täglichen Leben der Aelorier spielt die Windmagie eine unverzichtbare Rolle. Architekten entwerfen Gebäude, die nicht nur den Winden trotzen, sondern sie auch einfangen und nutzen, um die Heime zu kühlen und zu beleuchten. Die Landwirte verlassen sich auf die Windweber, um die Winde zu lenken, die ihre Felder befruchten und schädliche Stürme abwehren. Auch die Kommunikation zwischen den Inseln hängt von der Windmagie ab. Botschaften werden durch speziell geschulte Windflüsterer übermittelt, die ihre Worte mit dem Wind senden, sodass sie über weite Entfernungen getragen werden. Dieses einzigartige Kommunikationssystem verbindet entfernte Gemeinschaften und hält die Bewohner Aelorias über Neuigkeiten und Ereignisse informiert.

Kulturelle und spirituelle Bedeutung

Kulturell hat die Windmagie eine tiefgreifende Bedeutung. Feste und Zeremonien sind oft um die Verehrung und Bitte an die Winde zentriert, um Segen für Ernte, Reisen und Neubeginn zu erlangen. Die Windmagie ist auch tief in der Spiritualität der Aelorier verwurzelt; viele sehen in den Winden die Stimmen ihrer Vorfahren oder die Botschaften der Götter. Die Erzählkunst, ein wichtiger Bestandteil der kulturellen Identität Aelorias, ist ebenfalls von der Windmagie durchdrungen. Geschichten von legendären Windwebern, die mächtige Stürme beschworen oder sanfte Brisen zu ihren Geliebten sandten, sind ein fester Bestandteil des kulturellen Erbes. Diese Geschichten werden von Generation zu Generation weitergegeben, als Erinnerung an die Macht und die Schönheit der Windmagie.

Herausforderungen und Verantwortung

Doch mit großer Macht kommt auch große Verantwortung. Die Windmagie, wenn falsch angewandt, kann verheerende Stürme heraufbeschwören, die Ernten vernichten und Lebensräume zerstören. Die Windweber müssen daher nicht nur in der Kunst der Magie geschult sein, sondern auch in der Weisheit, diese verantwortungsvoll zu nutzen. Sie stehen im Zentrum eines ständigen Lernprozesses, der Respekt vor den natürlichen Kräften und ein tiefes Verständnis für das Gleichgewicht der Natur verlangt. In Aeloria ist die Windmagie somit weit mehr als nur ein Werkzeug oder eine Fähigkeit; sie ist ein grundlegender Bestandteil des Lebens, ein Gefüge, das die Inseln zusammenhält und ihre Bewohner in einem ewigen Tanz mit den Kräften der Natur verbindet. Sie prägt das Leben auf den Inseln auf jede nur denkbare Weise und erinnert jeden Einzelnen an die tiefe Verbindung, die sie mit der Welt um sie herum teilen. In Aeloria, einem Reich, in dem die Magie so vielfältig und lebendig ist wie die Landschaften seiner schwebenden Inseln, haben sich die Bewohner darauf spezialisiert, unterschiedliche magische Fähigkeiten zu meistern. Diese Fähigkeiten spiegeln nicht nur die einzigartige Verbindung jedes Einzelnen zur Magie wider, sondern auch die tiefen kulturellen und umweltbedingten Einflüsse der Inseln, auf denen sie leben.

Windmagie:

Die Kunst der Lüfte

Wie bereits erwähnt, ist die Windmagie eine der vorherrschenden Kräfte in Aeloria. Ihre Anwendungen reichen von der Navigation und Steuerung von Luftschiffen über die Kommunikation über weite Entfernungen bis hin zur Beeinflussung des Wetters für die Landwirtschaft. Windweber können sanfte Brisen oder mächtige Stürme heraufbeschwören, je nach ihrem Willen und ihrer Fähigkeit, die Winde zu kontrollieren.

Erdmagie:

Der Ruf der Tiefe

Die Erdmagie wurzelt in der festen Grundlage der Inseln selbst. Magier, die diese Kraft beherrschen, können das Wachstum von Pflanzen beschleunigen, Mineralien aus dem Boden extrahieren oder sogar die Landschaft verändern, um Schutz oder Ressourcen zu schaffen. Bauingenieure nutzen Erdmagie, um die Stabilität von Gebäuden zu gewährleisten, während Bauern sie einsetzen, um ihre Ernten zu vergrößern.

Feuermagie:

Die Flamme, die reinigt und zerstört

Feuermagie ist sowohl gefürchtet als auch verehrt für ihre Zerstörungskraft und ihr Potenzial für Erneuerung. Schmiede und Handwerker auf Pyralis nutzen sie, um Metalle zu schmelzen und Werkzeuge von unübertroffener Qualität zu schaffen. In den Händen eines erfahrenen Magiers kann Feuer auch zur Verteidigung oder in der Heilkunst eingesetzt werden, indem es verwendet wird, um Wunden zu sterilisieren oder Schädlinge in den Feldern zu vernichten.

Wassermagie:

Der Fluss des Lebens

Wassermagie ist essenziell für das Überleben und Wohlergehen der Aelorier. Sie wird genutzt, um Wasser zu reinigen, zu sammeln und zu leiten, was besonders in den trockeneren Regionen von unschätzbarem Wert ist. Heiler verwenden Wassermagie, um Krankheiten zu lindern und den Körper zu revitalisieren, während Seefahrer sie einsetzen, um Regen zu rufen oder das Meer zu beruhigen.

Licht- und Schattenmagie:

Die Dualität der Existenz

Licht- und Schattenmagie sind seltener und gelten als einige der anspruchsvollsten Disziplinen. Lichtmagie wird oft in der Heilkunde oder als Schutz gegen die Dunkelheit verwendet, während Schattenmagie zur

Tarnung oder im Spionagehandwerk genutzt werden kann. Diese Kräfte erfordern ein tiefes Verständnis der feinen Balance zwischen Dunkelheit und Licht, zwischen Offenbarung und Verborgenheit.

Die Vereinigung der Kräfte

Die wahre Stärke der Magie in Aeloria liegt in der Kombination dieser Fähigkeiten. Magier, die in der Lage sind, unterschiedliche magische Ströme zu verbinden, sind hoch angesehen und ihre Fertigkeiten sind besonders gefragt. Die Kombination von Feuer- und Windmagie kann beispielsweise genutzt werden, um unglaublich mächtige Energiestrahlen zu erzeugen, während die Verbindung von Wasser- und Erdmagie dazu dienen kann, fruchtbare Oasen inmitten trockener Wüsten zu schaffen. In Aeloria ist Magie mehr als nur eine Ansammlung von Zaubersprüchen; sie ist eine Kunst, eine Wissenschaft und ein Weg des Lebens. Die Fähigkeit, die Kräfte der Natur zu lenken und zu gestalten, prägt nicht nur die Umwelt, sondern auch die Gesellschaft, die Kultur und die Beziehungen der Menschen untereinander. Magie ist das Band, das die Bewohner Aelorias verbindet. In der Welt von Aeloria, wo die Magie so tief mit dem Stoff des Lebens verwoben ist wie die Winde mit dem Himmel, standen die

Zephyrhexen einst als Säulen der Macht und Weisheit. Ihre tiefe Verbindung zur Windmagie machte sie nicht nur zu mächtigen Magiern, sondern auch zu Hütern des Gleichgewichts und Führern ihrer Gemeinschaften. Die Zephyrhexen waren Vermittler zwischen den Menschen und den unsichtbaren Kräften, die ihre Welt formten, ein lebendiges Symbol der Harmonie zwischen Natur und Zivilisation.

Die Rolle der Zephyrhexen

Die Zephyrhexen nutzten ihre Gaben, um die schwebenden Inseln zu schützen und zu nähren. Sie kontrollierten die Winde, um die Luftschiffe sicher durch die Lüfte zu geleiten, und lenkten die Brisen, um die Felder zu befruchten und das Klima zu regulieren. Ihre Magie war essentiell für das Überleben und Gedeihen Aelorias, und ihr Wissen über die natürlichen Kräfte ermöglichte es den Bewohnern, in Einklang mit ihrer Umwelt zu leben. Doch ihre Fähigkeiten reichten weit über das Praktische hinaus. Die Zephyrhexen waren auch spirituelle Führer, die die Mysterien der Winde entschlüsselten und ihr Volk in den tieferen Verständnissen des Kosmos unterwiesen. Ihre Rituale und Zeremonien stärkten die Bindungen innerhalb der Gemeinschaften und erinnerten alle daran, dass das Leben ein kostbares Geschenk der Natur ist.

Die Verbannung der Zephyrhexen

Die Katastrophe traf Aeloria unerwartet und mit voller Wucht. Die Verbannung der Zephyrhexen, angeführt von der windlosen Königin Lysandra in ihrem Streben nach unumschränkter Macht, riss ein Loch in das Herz des Reiches. Ohne die Zephyrhexen, um die Winde zu lenken und zu zähmen, wurden die Inseln von ungestümen Stürmen und unvorhersehbaren Winden heimgesucht. Luftschiffe verirrten sich oder verschwanden, und die einst fruchtbaren Felder litten unter Dürren oder wurden von wilden Böen verwüstet. Die soziale Ordnung begann zu wanken, da die Zephyrhexen nicht mehr da waren, um als Weise und Hüter zu dienen. Ihre Abwesenheit hinterließ eine Lücke in der spirituellen und kulturellen Identität der Inselbewohner, die sich plötzlich ihrer tiefsten Verbindung zur Natur beraubt sahen. Die Verbannung führte zu einem tiefen Misstrauen gegenüber der Magie und ihren Anwendern, was die Gesellschaft weiter spaltete und die einstige Harmonie zerstörte.

Die Langzeitfolgen

Die langfristigen Auswirkungen der Verbannung der

Zephyrhexen waren tiefgreifend und vielschichtig. Ohne ihre Führung verloren viele das Wissen und die Fähigkeiten, die Magie verantwortungsvoll zu nutzen. Die Kunst der Windmagie, einst das prägende Element von Aelorias Kultur und Wirtschaft, wurde zu einem gefährlichen und unvorhersehbaren Werkzeug in den Händen derer, die die alten Wege nicht verstanden. Gleichzeitig erwachte in den Herzen vieler Aelorier ein neues Verlangen nach Freiheit und Widerstand gegen die tyrannische Herrschaft Lysandras. Die Legenden der Zephyrhexen wurden zu einem Symbol des Widerstands, inspirierten neue Generationen von Magiern, die Geheimnisse der Windmagie wiederzuentdecken und für die Wiederherstellung des Gleichgewichts in Aeloria zu kämpfen. Die Verbannung der Zephyrhexen war somit ein Wendepunkt in der Geschichte Aelorias, ein Ereignis, das nicht nur die unmittelbare Sicherheit und das Wohl der Inseln bedrohte, sondern auch ihre tiefsten kulturellen und spirituellen Grundlagen erschütterte. Doch in dieser dunkelsten Stunde liegt auch ein Funke Hoffnung, dass die Verbindung zur Magie und zur Natur, die einst das Volk von Aeloria definierte, eines Tages wiederhergestellt wird.

Das tägliche Leben in Aeloria

In der schillernden Welt von Aeloria, wo der Himmel nicht nur eine Leinwand für die Sonne und die Sterne ist, sondern auch ein pulsierendes Meer, auf dem die schwebenden Inseln wie Schiffe navigieren, gestaltet sich der Alltag seiner Bewohner als ein faszinierendes Mosaik aus Tradition, Magie und Innovation. Das Leben hier, hoch über dem Boden der Realität, ist geprägt von der ständigen Präsenz der Lüfte und der unmittelbaren Verbindung zur Natur und ihren Elementen.

Morgenrituale

Der Tag auf den schwebenden Inseln beginnt mit dem

ersten Licht des Morgens, wenn die Sonne ihre Strahlen über den Horizont sendet und die Welt in ein goldenes Leuchten taucht. Die Bewohner, von den einfachen Bauern bis zu den mächtigen Magiern, begrüßen den neuen Tag oft mit speziellen Ritualen, die ihre Dankbarkeit gegenüber den Elementen ausdrücken und um Segen für die bevorstehenden Aufgaben bitten. In den Gärten und auf den Balkonen werden frische Blumen und Kräuter als Opfergaben für die Winde dargeboten, in der Hoffnung, ihre Gunst für eine sichere und erfolgreiche Reise durch den Tag zu gewinnen.

Arbeit und Berufe

Die Arbeit auf den schwebenden Inseln ist so vielfältig wie ihre Bewohner. Landwirte kümmern sich um ihre schwebenden Felder und Gärten, die mit Hilfe von Erd- und Windmagie kultiviert werden, um eine reiche Ernte zu sichern. Handwerker und Schmiede nutzen die Elemente Feuer und Luft, um ihre Kunstwerke und Werkzeuge zu formen. Kaufleute bereiten ihre Luftschiffe für den Handel zwischen den Inseln vor, beladen mit Waren, die so einzigartig sind wie die Inseln selbst. Die Magier, insbesondere jene, die die Kunst der Windmagie praktizieren, verbringen ihren Tag mit dem Studium alter Schriften und dem Üben ihrer Fähigkeiten, um das

Gleichgewicht der Winde zu wahren. Lehrer und Gelehrte hingegen widmen sich der Bildung der nächsten Generation, lehren die Geheimnisse der Magie und die Bedeutung der Harmonie mit der Natur.

Freizeit und Gemeinschaft

Der Alltag in Aeloria ist jedoch nicht nur Arbeit und Pflicht. Die Bewohner finden auch Zeit für Freude und Gemeinschaft. Märkte und Plätze sind lebendige Zentren des sozialen Lebens, wo Geschichten und Neuigkeiten ausgetauscht werden. Kinder spielen in den Straßen und lernen spielerisch die Grundlagen der Magie, während Erwachsene in den Cafés und Tavernen zusammenkommen, um Musik zu lauschen, zu tanzen oder einfach die Gesellschaft der anderen zu genießen. Kulturelle Veranstaltungen, von Kunstausstellungen über musikalische Darbietungen bis hin zu magischen Wettbewerben, bieten regelmäßige Anlässe für die Bewohner, sich zu versammeln und ihre Kreativität und ihr Können zu feiern. Diese Veranstaltungen stärken das Gemeinschaftsgefühl und erinnern alle daran, dass das Leben in Aeloria trotz der Herausforderungen und Gefahren, die es birgt, eine tiefe Schönheit und Freude in sich trägt.

Der Abend

Wenn der Abend naht und die Sonne hinter dem Horizont versinkt, werden die Inseln von sanften Lichtern erleuchtet, die aus den Häusern und den Straßenlaternen strahlen. Familien und Freunde versammeln sich zum Abendessen, um die Erlebnisse des Tages zu teilen und gemeinsam in die Nacht zu träumen. Die Winde tragen die leisen Melodien von Flöten und Saiteninstrumenten durch die Luft, ein Schlaflied für die schwebenden Inseln, das sie sanft in den Schlaf wiegt. In Aeloria ist jeder Tag ein neues Abenteuer, ein Tanz mit den Elementen und eine Feier des Lebens. Trotz der offensichtlichen Unterschiede im Alltag der Bewohner ist es die tiefe Verbundenheit mit der Magie und der Natur, die das Leben auf den schwebenden Inseln so einzigartig und faszinierend macht. In der schillernden Welt von Aeloria, einem Ort, an dem die Grenzen zwischen Technologie und Magie fließend sind, haben die Bewohner ein einzigartiges Zusammenspiel dieser Kräfte entwickelt, das ihren Alltag auf wunderbare Weise bereichert und erleichtert. In dieser Welt, wo schwebende Inseln den Himmel zieren und die Luft mit Magie gesättigt ist, verweben sich alte Zauberkünste und fortschrittliche Technologien zu einem harmonischen Ganzen, das das tägliche Leben auf den Inseln prägt.

Magische Infrastruktur

Die Infrastruktur von Aeloria ist ein Wunderwerk aus magisch verstärkter Technologie. Die Häuser und öffentlichen Gebäude, erbaut aus Materialien, die von Erdmagie durchdrungen sind, widerstehen den stärksten Stürmen und bieten gleichzeitig eine natürliche Klimatisierung durch sorgfältig kanalisierte Windmagie. Die Straßen und Brücken leuchten bei Nacht durch eingewobene Lichtmagie, die nicht nur für Sicherheit sorgt, sondern auch die Schönheit der Umgebung hervorhebt.

Transportmittel

Die Luftschiffe, das Herzstück des Verkehrs in Aeloria, sind Meisterwerke der Ingenieurskunst, angetrieben durch eine Kombination aus magischen Energien und technologischen Errungenschaften. Diese Schiffe nutzen Windmagie für Antrieb und Navigation, während Schutzzauber sie vor den Launen des Wetters und anderen Gefahren schützen. Kleinere, persönliche Fluggeräte, oft von einzelnen Magiern oder Technikern maßgeschneidert, bieten eine weitere Ebene der Mobilität und Freiheit.

Kommunikation

Im Bereich der Kommunikation hat Aeloria Systeme entwickelt, die weit über traditionelle Mittel hinausgehen. Magische Artefakte, ähnlich den modernen Kommunikationsgeräten, ermöglichen es den Bewohnern, über weite Entfernungen hinweg miteinander zu sprechen, Bilder zu teilen und Informationen auszutauschen. Diese Geräte nutzen eine Kombination aus Luft- und Lichtmagie, um Signale zu senden und zu empfangen, wodurch eine schnelle und effiziente Kommunikation über die Inseln hinweg gewährleistet wird.

Landwirtschaft und Nahrungsmittelproduktion

In der Landwirtschaft wird die Kombination aus Magie und Technologie genutzt, um die Erträge zu maximieren und die Artenvielfalt zu schützen. Magische Bewässerungssysteme sorgen für das perfekte Gleichgewicht von Feuchtigkeit und Nährstoffen, während Schutzzauber die Felder vor Schädlingen und

Krankheiten bewahren. Die Verarbeitung von Lebensmitteln profitiert ebenfalls von dieser Symbiose, bei der Zaubersprüche und Maschinen zusammenarbeiten, um die Frische und den Nährwert der Produkte zu erhalten.

Heilkunst

Auch im medizinischen Bereich finden Magie und Technologie zusammen. Heiler in Aeloria verwenden magische Scans, um Krankheiten zu diagnostizieren, und kombinieren traditionelle Heilzauber mit modernen medizinischen Techniken, um eine umfassende Behandlung anzubieten. Dieser integrative Ansatz ermöglicht es ihnen, selbst die komplexesten Leiden zu lindern und zu heilen.

Unterhaltung und Freizeit

In der Welt der Unterhaltung und Freizeit eröffnen Magie und Technologie unbegrenzte Möglichkeiten. Virtuelle Realitäten, erschaffen durch Illusionsmagie und unterstützt von fortschrittlicher Technologie, bieten immersive Erfahrungen, die von bildungsbasierten Programmen bis hin zu abenteuerlichen Simulationen reichen. Spiele und Theateraufführungen nutzen diese Techniken, um das Publikum in eine Welt voller Wunder und Fantasie zu entführen. In Aeloria ist das Zusammenspiel von Technologie und Magie mehr als nur eine Bequemlichkeit; es ist eine Lebensart, die es den Bewohnern ermöglicht, in Harmonie mit ihrer Umwelt zu leben und die Grenzen dessen, was möglich ist, ständig zu erweitern. Dieser synergetische Ansatz prägt jeden Aspekt ihres Lebens, von den grundlegendsten täglichen Aufgaben bis hin zu den außergewöhnlichsten Unternehmungen, und macht Aeloria zu einem Ort, an dem Wunder zum Alltag gehören. In der Welt von Aeloria, wo die Grenzen zwischen dem Alltäglichen und dem Wunderbaren verschwimmen, ist die Bildung und Ausbildung ein vielschichtiges Unterfangen, das sowohl magische als auch nicht-magische Disziplinen umfasst. Die Bewohner Aelorias, in einer Kultur verwurzelt, die Magie als allgegenwärtig erachtet wie die Luft zum Atmen, schätzen eine umfassende Ausbildung hoch. Diese bereitet die heranwachsenden Geister darauf vor, ihre Rolle in der Gesellschaft zu entdecken, ob als Zaubermeister oder als Fachleute in Handwerk und Technik.

Die Grundlagen der Bildung

Die Bildungsreise eines jeden Aeloriers beginnt in der

Kindheit, in den Gemeinschaftsschulen, die über die schwebenden Inseln verteilt sind. Hier lernen die Kinder nicht nur Lesen, Schreiben und die Grundlagen der Mathematik, sondern auch die Prinzipien der Magie und ihre Rolle im täglichen Leben. Diese frühe Ausbildung zielt darauf ab, ein tiefes Verständnis und Respekt für die natürlichen Kräfte zu entwickeln, die ihre Welt prägen.

Spezialisierung in magischen Disziplinen

Für jene, die eine besondere Affinität zur Magie zeigen, öffnen sich die Türen zu spezialisierten Akademien, wo sie unter der Anleitung erfahrener Magier tiefer in die Geheimnisse der magischen Künste eintauchen. Diese Institutionen bieten Kurse in verschiedenen magischen Disziplinen an, von der Windmagie, die für die Navigation und das Klima essentiell ist, bis hin zu selteneren Formen wie der Licht- oder Schattenmagie. Die Ausbildung in diesen Akademien ist anspruchsvoll und erfordert nicht nur intellektuelle, sondern auch ethische Entwicklung, da die Verantwortung, die mit großer Macht einhergeht, ein zentrales Thema des Lehrplans ist.

Ausbildung in nicht-magischen Berufen

Nicht weniger wichtig ist die Ausbildung in nicht-magischen Berufen, die das Rückgrat der aelorischen Gesellschaft bildet. Handwerkslehren, von der Schmiedekunst über die Holzbearbeitung bis hin zur Textilherstellung, werden von Meistern ihres Fachs geleitet, die ihr Wissen und ihre Fähigkeiten an die nächste Generation weitergeben. Technologische Studiengänge, die sich mit der Entwicklung und Wartung der einzigartigen Maschinen und Geräte Aelorias beschäftigen, kombinieren praktische Erfahrung mit theoretischem Wissen, um innovative Denker und Macher hervorzubringen.

Die Rolle der Bibliotheken und Archive

Unverzichtbar für die Bildung in allen Bereichen sind die umfangreichen Bibliotheken und Archive von Aeloria, die Wissensschätze aus Jahrhunderten bewahren. Hier finden Schüler und Gelehrte gleichermaßen wertvolle Ressourcen für ihre Studien – von uralten Schriftrollen, die die Geschichte der Magie dokumentieren, bis hin zu modernen Abhandlungen über technische Innovationen. Diese Zentren des Wissens sind nicht nur Orte des Lernens, sondern auch der Begegnung und des Austauschs zwischen den Disziplinen, was die interdisziplinäre Forschung und Kollaboration fördert.

Lebenslanges Lernen

In Aeloria endet die Bildung nicht mit dem Abschluss einer Akademie oder Lehre. Das Konzept des lebenslangen Lernens ist tief in der Gesellschaft verwurzelt, getrieben von der Überzeugung, dass sowohl die magischen als auch die nicht-magischen Felder ständigem Wandel und Fortschritt unterliegen. Workshops, Fortbildungskurse und Symposien zu aktuellen Themen und Entwicklungen sind weit verbreitet und stehen jedem offen, der sein Wissen erweitern und seine Fähigkeiten schärfen möchte. In Aeloria ist Bildung der Schlüssel zur Entfaltung des individuellen Potenzials und zur Stärkung der Gemeinschaft. Sie bereitet die Bewohner darauf vor, mit den Herausforderungen einer Welt umzugehen, in der Magie und Technologie Hand in Hand gehen, und ebnet den Weg für eine Zukunft , in der jeder Einzelne die Möglichkeit hat, seinen Beitrag zu leisten und seine Träume zu verwirklichen. In der schillernden Welt von Aeloria, einem Ort, an dem die Grenzen zwischen Magie und Realität verschwimmen, gestaltet sich die Freizeit der Bewohner so vielfältig und faszinierend wie die Landschaften ihrer schwebenden Inseln. Die Einwohner Aelorias, die den Großteil ihres Alltags in Harmonie mit den natürlichen und magischen Kräften verbringen, haben eine ebenso einzigartige wie vielseitige Kultur der Freizeit und Unterhaltung entwickelt, die tief in ihrer reichen Geschichte und den unzähligen Möglichkeiten ihrer magischen Welt verwurzelt ist.

Magische Feste und Feiern

Die Bewohner Aelorias lieben es, Feste zu feiern, die oft die Magie und die Elemente ehren. Solche Veranstaltungen reichen von der Nacht der flüsternden Winde, einem Fest, bei dem die Luft mit leuchtenden Farben und sanften Melodien gefüllt ist, bis hin zum Fest des Feuerfunken, bei dem Feuermagier spektakuläre Lichtshows am Himmel kreieren. Diese Feste sind nicht nur eine Möglichkeit, den Göttern und der Natur für ihre Gaben zu danken, sondern auch eine Gelegenheit für die Gemeinschaften, zusammenzukommen und das Leben zu feiern.

Theater und Darstellende Künste

Das Theater spielt in Aeloria eine zentrale Rolle und ist eine beliebte Form der Unterhaltung. Die Aufführungen reichen von traditionellen Stücken, die alte Legenden und Geschichten nachstellen, bis hin zu modernen Dramen, die aktuelle Themen aufgreifen. Viele dieser Aufführungen integrieren Magie in ihre Inszenierungen, wodurch atemberaubende Effekte erzielt und die Zuschauer in eine Welt voller Wunder entführt werden.

Sport und Spiele

Sportliche Wettkämpfe und Spiele sind ein weiterer wichtiger Bestandteil des sozialen Lebens in Aeloria. Luftrennen, bei denen Teilnehmer auf magisch angetriebenen Gleitern oder Besen durch Hindernisparcours navigieren, sind besonders beliebt. Auch traditionellere Sportarten wie Bogenschießen und Fechten werden geschätzt, oft mit einem magischen Twist, der die Fähigkeiten der Teilnehmer auf die Probe stellt und für spannende Wettkämpfe sorgt.

Magische Workshops und Kurse

Für diejenigen, die ihre Freizeit nutzen möchten, um neue Fähigkeiten zu erlernen oder vorhandene zu vertiefen, bieten zahlreiche Workshops und Kurse Möglichkeiten, sich in verschiedenen magischen und handwerklichen Disziplinen weiterzubilden. Von Alchemie und Kräuterkunde bis hin zu kunstvoller Magie und technologischer Innovation – die Vielfalt der angebotenen Kurse spiegelt die breite Palette an Interessen und Talenten der Aelorier wider.

Entspannung und Kontemplation

Neben den lebhaften Aktivitäten finden viele Bewohner Aelorias auch Freude an ruhigeren Formen der Entspannung. Die üppigen Gärten und stillen Bibliotheken bieten perfekte Rückzugsorte für diejenigen, die in Büchern schmökern oder einfach in Ruhe nachdenken möchten. Meditation und Yoga, angereichert durch subtile magische Akzente, zählen zu den bevorzugten Methoden, um Harmonie zwischen Körper und Seele zu schaffen und die innige Verbindung zur Natur und ihren Energien zu vertiefen. In Aeloria ist Freizeit und Unterhaltung eine bunte Mischung aus Tradition und Innovation, aus Ruhe und Aufregung. Die Bewohner nutzen ihre Freizeit nicht nur zur Erholung, sondern auch, um ihre Bindungen zur Gemeinschaft zu stärken, ihre Fähigkeiten zu erweitern und die unendlichen Wunder ihrer Welt zu feiern. In dieser magischen Gesellschaft ist jeder Tag eine Gelegenheit, die Freuden des Lebens in all ihren Facetten zu entdecken und zu genießen.

Politik und Konflikte

In der vielschichtigen Welt von Aeloria, wo die Winde nicht nur die Schiffe lenken, sondern auch die Geschicke der Menschen, hat die Politik eine ebenso komplexe wie faszinierende Gestalt angenommen. Das politische System Aelorias war einst geprägt von einer Mischung aus demokratischen Elementen und einer magokratischen Ordnung, in der die mächtigsten Magier nicht nur wegen ihrer Fähigkeiten, sondern auch ihres Weitblicks und ihrer Weisheit in Führungspositionen gelangten.

Die Regierungsform von Aeloria

Vor der Herrschaft der windlosen Königin Lysandra

basierte die Regierung Aelorias auf einem Rat der Magier, einem Gremium, das sich aus Vertretern der verschiedenen magischen Disziplinen und Inseln zusammensetzte. Dieser Rat war verantwortlich für die Wahrung des Gleichgewichts zwischen den Inseln, die Entscheidungsfindung in Angelegenheiten von allgemeinem Interesse und die Aufrechterhaltung der Harmonie zwischen der magischen und nicht-magischen Bevölkerung. Der Einfluss der Magie im täglichen Leben und in der Politik sorgte für ein tiefes Verständnis der natürlichen Ordnung und des Respekts vor den Kräften, die ihre Welt formten.

Der Aufstieg Lysandras

Lysandras Weg zur Macht war alles andere als gewöhnlich. Ihre Geschichte ist eine von Ambition, List und einer unerschütterlichen Entschlossenheit, die bestehenden Machtstrukturen zu ihren Gunsten zu verändern. Ursprünglich eine Magierin von beträchtlichem, aber nicht außergewöhnlichem Talent, war Lysandra durchsetzt von einer tiefen Unzufriedenheit mit dem bestehenden System, das sie als ungerecht und einschränkend empfand. Mit einer Kombination aus politischem Geschick, Manipulation und der Nutzung dunkler Magie begann sie, ihre Rivalen systematisch auszuschalten und Allianzen mit jenen zu schmieden, die ebenfalls von Veränderung träumten oder eigene Machtambitionen hatten. Sie nutzte die Unzufriedenheit unter den weniger mächtigen Magiern und der nicht-magischen Bevölkerung, um eine Basis von Unterstützern aufzubauen, die ihre Vision einer neuen Ordnung teilten. Ihr entscheidender Schlag gegen die etablierte Ordnung kam in Form eines Putsches, der sorgfältig geplant und mit brutaler Effizienz durchgeführt wurde. Lysandra und ihre Anhänger übernahmen die Kontrolle über die Schlüsselinstitutionen und verbannten die Mitglieder des alten Rates. Mit den Zephyrhexen als ihren letzten großen Gegnern nutzte sie eine Mischung aus öffentlicher Hetze und gezielten Angriffen, um sie als Bedrohung für Aeloria darzustellen und schließlich zu verbannen.

Die Herrschaft der windlosen Königin

Sobald Lysandra die Macht ergriffen hatte, etablierte sie eine autoritäre Regierungsform, die sich stark auf die Durchsetzung ihrer persönlichen Vision und die Stärkung ihrer Kontrolle konzentrierte. Ihre Herrschaft wurde durch ein Netzwerk von Spionen, die Unterdrückung jeglicher Opposition und die strikte Kontrolle über die Nutzung von Magie charakterisiert. Sie schuf eine neue Ordnung, in der Loyalität gegenüber der Krone über die freie Ausübung magischer Künste gestellt wurde. Lysandras Aufstieg zur Macht hinterließ tiefe Narben in der Gesellschaft Aelorias und veränderte das politische und soziale Gefüge nachhaltig. Ihre Herrschaft markiert eine dunkle Ära in der Geschichte Aelorias, eine Zeit, in der Angst und Misstrauen blühten und die freie Verbindung der Menschen zur Magie und zu den Elementen unterbrochen wurde. Doch wie in allen großen Erzählungen liegt auch in dieser Geschichte die Saat der Hoffnung, dass aus der Asche der Tyrannei neue Helden und Heldinnen emporsteigen, die für die Freiheit und die Wiederherstellung des Gleichgewichts kämpfen. In den Wirren der politischen Landschaft Aelorias, wo die Macht der Magie ebenso prägend ist wie die Strukturen der Herrschaft, haben sich im Laufe der Zeit sowohl interne als auch externe Konflikte entfaltet. Diese Konflikte wurzeln tief in der Geschichte und den unterschiedlichen Visionen für die Zukunft des Reiches, und sie spiegeln die komplexe Dynamik zwischen den verschiedenen Kräften wider, die um Einfluss und Kontrolle ringen.

Interne politische Konflikte

Die internen Konflikte in Aeloria sind vielschichtig und werden oft durch die Spannungen zwischen den magischen und nicht-magischen Segmenten der Bevölkerung, den verschiedenen magischen Disziplinen und den unterschiedlichen Interessen der schwebenden

Inseln angetrieben. Die Herrschaft der windlosen Königin Lysandra hat diese Spannungen noch verstärkt, indem sie eine zentralisierte Machtstruktur etablierte, die viele als repressiv empfinden. Eine bedeutende Quelle interner Konflikte ist der Widerstand gegen Lysandras Regime. Geheime Gesellschaften und Rebellenbewegungen, bestehend aus Magiern und Nicht-Magiern gleichermaßen, haben sich im Untergrund gebildet, um gegen die Unterdrückung zu kämpfen und die Freiheit der Magie wiederherzustellen. Diese Gruppen führen einen gefährlichen Tanz mit den Kräften der staatlichen Überwachung und Repression, während sie versuchen, die Bevölkerung zu mobilisieren und für ihre Sache zu gewinnen. Ein weiterer Brennpunkt interner Auseinandersetzungen ist der Konflikt zwischen den verschiedenen magischen Schulen und Disziplinen. Mit der Machtergreifung Lysandras und der darauffolgenden Unterdrückung bestimmter magischer Praktiken entstanden Rivalitäten und Misstrauen zwischen den Magiern, die unterschiedliche Ansichten darüber vertreten, wie Magie genutzt und gelehrt werden sollte.

Externe politische Konflikte

Aeloria, ein Reich von immenser Schönheit und magischer Kraft, hat auch externe Konflikte zu bewältigen, insbesondere mit benachbarten Reichen und Dimensionen, deren Beziehungen durch Lysandras Machtübernahme kompliziert wurden. Diplomatische Spannungen entstehen häufig durch Lysandras Expansionsbestrebungen und ihre Versuche, die Kontrolle über magische Ressourcen außerhalb ihrer Grenzen zu erlangen. Handelsdispute und Konkurrenzen um magische Artefakte und Ressourcen haben ebenfalls zu externen Konflikten geführt. Aelorias Abhängigkeit von bestimmten magischen Materialien, die nur in anderen Welten oder Reichen zu finden sind, macht das Reich verwundbar für Blockaden und Wirtschaftskriege, die von rivalisierenden Mächten angezettelt werden. Darüber hinaus gibt es Berichte über zunehmend aggressive Bewegungen von Kreaturen und Entitäten aus anderen Dimensionen, angezogen durch die magischen Turbulenzen und die Schwächung der natürlichen Schutzbarrieren Aelorias. Diese Bedrohungen von außen zwingen die Bewohner Aelorias, ihre Differenzen beiseite zu legen und sich zur Verteidigung ihres Reiches zu vereinen.

Das Gleichgewicht der Kräfte

Die politischen Konflikte in Aeloria, sowohl intern als auch extern, sind ein Tanz auf dem Seil, ein ständiges Ringen um Macht, Einfluss und Überleben in einer Welt, in der Magie das Gefüge der Realität webt. Die Konflikte offenbaren die Zerbrechlichkeit der Ordnung und die unermüdliche Suche der Bewohner nach einer harmonischen Existenz. Sie erzählen eine Geschichte von Kampf und Hoffnung, von Verrat und Brüderlichkeit und von dem unerschütterlichen Glauben an eine bessere Zukunft, in der die Winde der Freiheit wieder durch Aeloria wehen. In den Schatten von Aeloria, einer Welt, in der Magie und Macht untrennbar miteinander verwoben sind, gedeiht ein Netzwerk aus Rebellion und Widerstand. Die Unterdrückung durch die windlose Königin Lysandra hat nicht nur zu einem Klima der Angst und Kontrolle geführt, sondern auch die Flamme des Widerstands entzündet. Rebellen und Widerstandsbewegungen haben sich als lebenswichtige Kräfte im Kampf um Freiheit und Gerechtigkeit etabliert, und ihre Rolle in der politischen Landschaft Aelorias ist sowohl komplex als auch entscheidend.

Die Entstehung des Widerstands

Die Widerstandsbewegungen in Aeloria sind so vielfältig wie die Bevölkerung selbst. Sie reichen von kleinen, informellen Gruppen, die in den versteckten Winkeln der Städte agieren, bis hin zu organisierten Netzwerken, die über die Inseln hinweg operieren. Einige konzentrieren sich auf die Wiederherstellung der magischen Freiheiten, die Lysandra unterdrückt hat, während andere breitere soziale und politische Veränderungen anstreben. Diese Bewegungen sind aus der tiefen Unzufriedenheit mit Lysandras Herrschaft entstanden, aus dem Verlust der magischen Identität und der Sehnsucht nach einer Rückkehr zu den Tagen, als Magie und Freiheit in Aeloria florierten. Die Verbannung der Zephyrhexen, die einst als Hüterinnen des Gleichgewichts und der Harmonie galten, hat viele dazu inspiriert, sich dem Widerstand anzuschließen, getrieben von der Hoffnung, ihre Rückkehr könnte die Wiederherstellung der alten Ordnung bedeuten.

Strategien und Kampfmethoden

Die Methoden, die von den Widerstandsbewegungen angewandt werden, sind ebenso vielfältig wie ihre Ziele. Einige Gruppen setzen auf offene Konfrontation, nutzen ihre magischen und technologischen Kenntnisse, um gegen die Streitkräfte der Königin anzutreten. Andere bevorzugen subtilere Ansätze, wie Spionage, Sabotage und die Verbreitung von Propaganda, um die Legitimität der Königin zu untergraben und die Bevölkerung zum Aufstand zu bewegen. Die Rolle der Magie im Widerstand kann nicht unterschätzt werden. Magier, die sich den Rebellen angeschlossen haben, nutzen ihre Fähigkeiten, um Schutzzauber zu weben, Nachrichten zu verschlüsseln und in den Kampf gegen die von Lysandra eingesetzten dunklen Magien zu treten. Die Wiederentdeckung und Nutzung verbotener oder vergessener magischer Techniken ist ein wesentlicher Bestandteil ihrer Strategie.

Herausforderungen und Opfer

Der Weg des Widerstands ist gefährlich und mit großen Opfern verbunden. Viele Rebellen haben Freiheit, Sicherheit und nicht selten ihr Leben riskiert im Kampf gegen eine übermächtig erscheinende Tyrannei. Die ständige Bedrohung durch Verrat, die Überwachung durch Lysandras Spione und die Gefahr, der eigenen Familie Schaden zuzufügen, lasten schwer auf den Schultern der Widerstandskämpfer. Doch trotz der Gefahren wächst die Unterstützung für die Widerstandsbewegungen stetig. Die Erzählungen von Mut und Entschlossenheit, die durch die Reihen der Rebellen wehen, inspirieren immer mehr Bürger Aelorias, sich der Sache anzuschließen oder zumindest Sympathie für den Kampf um Freiheit und Gerechtigkeit zu empfinden.

Die Hoffnung auf Veränderung

Die Rolle der Rebellen und Widerstandsbewegungen in Aeloria ist ein leuchtendes Beispiel dafür, dass selbst in den dunkelsten Zeiten die Hoffnung auf Veränderung nie vollständig erlischt. Sie sind das Herzschlag der Hoffnung in einer Welt, die nach Wiederherstellung ihrer Freiheit und Magie dürstet. Durch ihren unermüdlichen Kampf halten sie den Traum von einem freien Aeloria lebendig, einem Ort, an dem die Winde der Veränderung einmal mehr zum Wohle aller wehen.

Diplomatische Beziehungen

Aeloria, in seiner Pracht und Abgeschiedenheit, hat stets einen gewissen Grad an Neugier und Bewunderung bei seinen Nachbarn hervorgerufen. Unter der Regentschaft der windlosen Königin Lysandra haben sich die diplomatischen Bemühungen verstärkt, allerdings mit dem Ziel, die Macht und den Einfluss Aelorias zu erweitern. Diplomaten aus Aeloria, oft begleitet von mächtigen Magiern, reisen zu fernen Höfen und anderen Welten, um Allianzen zu schmieden, Handelsabkommen zu verhandeln und die magischen Kenntnisse Aelorias zu teilen – oder zu verkaufen.

Handelsbeziehungen

Der Handel ist die Lebensader, die Aeloria mit den umliegenden Reichen verbindet. Dank seiner einzigartigen Position und den magischen Ressourcen, die es zu bieten hat, ist Aeloria ein begehrter Handelspartner. Magische Artefakte, Zaubertränke und seltene Zutaten für alchemistische Experimente sind nur einige der Güter, die auf den Märkten anderer Welten sehr gefragt sind. Im Gegenzug importiert Aeloria Technologien, Wissen und Rohstoffe, die in den schwebenden Inseln nicht vorhanden sind. Diese Handelsbeziehungen sind jedoch nicht frei von Spannungen, insbesondere wenn es um den Zugang zu seltenen magischen Elementen geht, die sowohl in Aeloria als auch in anderen Dimensionen begehrt sind.

Konflikte und Spannungen

Nicht alle Beziehungen zu benachbarten Ländern und Welten sind friedlich. Grenzkonflikte und Auseinandersetzungen um magische Dominanz haben in der Vergangenheit zu offenen Konfrontationen geführt. Aelorias Streben nach magischen Ressourcen und der Versuch, sein magisches Wissen auszuweiten, hat bei einigen Nachbarn Misstrauen und sogar Feindseligkeit geweckt. Zudem hat Lysandras aggressive Außenpolitik die diplomatischen Beziehungen zu einigen Reichen belastet, die eine Bedrohung in der Expansion Aelorias sehen.

Das Gleichgewicht zwischen Isolation und Interaktion

Aeloria balanciert stets auf dem schmalen Grat zwischen der Bewahrung seiner einzigartigen Kultur und Magie und dem Bedürfnis, mit anderen Reichen zu interagieren. Während einige in Aeloria die Isolation bevorzugen, um die Reinheit ihrer magischen Traditionen zu bewahren, erkennen andere die Notwendigkeit, sich nach außen zu öffnen, um neue Technologien, Wissen und Verbündete zu gewinnen.

Die Rolle der Magie in den interdimensionalen Beziehungen

Einzigartig in den Beziehungen Aelorias zu anderen Welten ist die Rolle der Magie. Magische Portale, die Reisen zwischen den Dimensionen ermöglichen, sowie die Übermittlung magischer Botschaften und der Austausch von Zauberwerk haben eine neue Ebene der Diplomatie geschaffen. Diese zauberhaften Bindungen eröffnen beeindruckende Chancen zur Zusammenarbeit, führen jedoch ebenfalls zu potenziellen Missverständnissen und Auseinandersetzungen, falls die magischen Regeln und das Gleichgewicht zwischen den Welten missachtet werden. In der komplexen Welt der interdimensionalen Politik ist Aeloria sowohl ein begehrter Verbündeter als auch ein gefürchteter Rivale. Die Kunst der Diplomatie in Aeloria erfordert daher nicht nur politisches Geschick und Handelsgeist, sondern auch ein tiefes Verständnis für die Magie und ihre Auswirkungen auf die Beziehungen zwischen den Welten. In diesem ständigen Spiel aus Allianzen, Handel und gelegentlichen Konflikten spiegelt sich die ewige Suche nach Gleichgewicht und Harmonie in einem Universum wider, das durch Magie miteinander verbunden ist.

Religion und Mythologie

In der magisch durchwobenen Welt von Aeloria, wo die Realität selbst von den unsichtbaren Fäden der Magie geformt wird, sind die Glaubenssysteme und die Mythologie nicht bloß Randerscheinungen des täglichen Lebens, sondern zentrale Pfeiler der Gesellschaft. Diese Glaubenssysteme, tief verwurzelt in der Geschichte und den Traditionen der schwebenden Inseln, bieten den Bewohnern nicht nur Trost und Führung, sondern auch ein tiefes Verständnis ihrer Welt und der Kräfte, die sie bewegen.

Die Vielfalt der Glaubenssysteme

Aeloria ist Heimat einer Vielzahl von Glaubenssystemen, die so divers sind wie seine Bewohner. Einige verehren die Elemente – Wind, Erde, Feuer und Wasser – als göttliche Kräfte, die das Universum erschaffen und erhalten. Andere richten ihren Glauben auf die alten Götter, mythische Wesen, die über die natürlichen und magischen Phänomene herrschen. Wieder andere folgen den Lehren von Philosophen und Magiern, die Erleuchtung und Verständnis durch die direkte Manipulation und das Studium der magischen Energien suchen.

Die Rolle der Religion in der Gesellschaft

Die Religionen in Aeloria sind mehr als nur ein spiritueller Kompass; sie sind ein integraler Bestandteil der kulturellen Identität und des sozialen Zusammenhalts. Tempel und Schreine, gewidmet den verschiedenen Göttern und Elementen, finden sich in allen Ecken der schwebenden Inseln. Sie dienen nicht nur als Orte des Gebets und der Anbetung, sondern auch als Zentren der Gemeinschaft, wo Feste gefeiert, Riten vollzogen und soziale Bindungen gestärkt werden. Priester und Priesterinnen dieser Glaubensrichtungen spielen eine

Schlüsselrolle in der aelorischen Gesellschaft. Sie sind nicht nur spirituelle Wegweiser, sondern auch Berater, Heiler und Bewahrer des alten Wissens. Ihre Verbindung zur Magie und zu den göttlichen Kräften verleiht ihnen eine besondere Autorität, die in vielen Aspekten des öffentlichen und privaten Lebens zum Tragen kommt.

Mythologie und Kultur

Die Mythologie Aelorias, reich an Erzählungen über die Schöpfung der Welt, heroische Taten und die ewige Auseinandersetzung zwischen Ordnung und Chaos, ist ein fundamentaler Bestandteil der kulturellen Überlieferung. Diese Geschichten werden von Generation zu Generation weitergegeben, als Märchen, Lehrstücke und Warnungen vor den Gefahren, die entstehen, wenn man die natürlichen Gesetze und Gleichgewichte missachtet. Die Mythen und Legenden dienen nicht nur der Unterhaltung; sie sind auch ein Spiegel der gesellschaftlichen Werte und Ängste. Die Verehrung der Zephyrhexen, bevor ihre Verbannung durch Lysandra erfolgte, ist ein Beispiel für die tiefe Verwurzelung magischer Traditionen in der Religion und Mythologie Aelorias. Die Zephyrhexen wurden nicht nur als mächtige Magierinnen angesehen, sondern auch als halbgöttliche Wesen, die die Gunst der Winde besaßen.

Glaube und Magie

In Aeloria ist die Grenze zwischen Religion und Magie fließend. Viele Rituale und Zeremonien beinhalten magische Praktiken, die dazu dienen, die Götter zu ehren, ihren Segen zu erbitten oder ihre Geschichten nachzuerzählen. Die Ausübung von Magie wird oft als eine Form der Andacht betrachtet, ein Weg, um die Verbindung zwischen dem Göttlichen und dem Irdischen zu stärken. Die Glaubenssysteme und die Mythologie Aelorias sind somit nicht nur ein Fenster in die Seele seiner Bewohner, sondern auch ein lebendiges Testament ihrer Geschichte, ihrer Träume und ihrer unerschütterlichen Verbindung zur Magie. In einer Welt, in der die Grenzen des Möglichen ständig neu definiert werden, bieten diese alten Glaubensrichtungen und Erzählungen eine Konstante, die Orientierung, Trost und ein Gefühl der Zugehörigkeit vermittelt. In der verwobenen Tapestry von Aelorias Kultur sind die Mythen und Legenden, die von den Zephyrhexen und der Windmagie erzählen, von unschätzbarem Wert. Diese Geschichten, so alt wie die Zeit selbst, flüstern von einer Ära, in der Magie und Natur in perfekter Harmonie miteinander tanzten, und die Zephyrhexen nicht nur mächtige Bewahrer dieser Ordnung waren, sondern auch verehrte Wesen, die die tiefsten Geheimnisse des Windes kannten.

Die Schöpfungslegenden

Am Anfang, so erzählt eine der ältesten Legenden, war der Kosmos ein wilder Tanz der Elemente, ohne Form oder Zweck. Aus diesem Chaos riefen die Urkräfte des Universums die Zephyrhexen ins Leben, um den Wind zu zähmen und ihm Richtung und Sinn zu geben. Die Zephyrhexen webten die ersten Brisen und Stürme, formten die Wolken und die Lüfte, und aus ihrem Tanz entstanden die schwebenden Inseln von Aeloria. Diese Schöpfungslegenden besagen, dass jede Insel ein Geschenk der Zephyrhexen ist, ein Zeichen ihrer Kunst und ihres Willens, die Welt zu ordnen.

Die Wächterinnen des Gleichgewichts

In vielen Erzählungen werden die Zephyrhexen als Wächterinnen des Gleichgewichts zwischen den Welten dargestellt. Sie navigierten nicht nur durch die Lüfte, sondern durch die feinen Grenzen der Realitäten, wobei sie sicherstellten, dass die Pforten zwischen den Welten bewacht und die Grenzen respektiert wurden. Ihre Macht war so groß, dass sie in der Lage waren, die Winde des

Schicksals selbst zu lenken, um Aeloria vor Unheil zu schützen.

Die Sage von der Großen Stille

Eine der bewegendsten Legenden erzählt von der Großen Stille, einer Zeit, in der die Winde aufhörten zu wehen, und Aeloria in Dunkelheit und Kälte versank. Die Ursache war ein Riss im Gewebe der Magie, verursacht durch den Übermut eines mächtigen Magiers, der versuchte, die ultimative Kontrolle über die Elemente zu erlangen. In dieser verzweifelten Stunde opferten die Zephyrhexen einen Teil ihrer eigenen Essenz, um den Riss zu schließen und die Winde wieder zum Fließen zu bringen. Diese Geschichte ist ein tiefes Symbol für das Opfer, die Verantwortung und die Konsequenzen der Macht.

Die Legende von Aeloras Lied

Eine weitere beliebte Legende ist die von Aeloras Lied, einer Melodie, so alt wie die Winde selbst, die nur von den Zephyrhexen gesungen werden konnte. Es wird gesagt, dass dieses Lied die Macht hatte, die schwersten Stürme zu besänftigen und die verlorensten Seelen nach

Hause zu führen. Die Legende spricht von einer Nacht, in der ein furchtbarer Sturm drohte, die Inseln zu zerreißen, und wie die Zephyrhexen auf den höchsten Gipfeln Aelorias standen, ihre Stimmen erhoben und das Lied sangen, das den Sturm besänftigte und die Inseln rettete.

Die Verbannung der Zephyrhexen

Untrennbar mit den Legenden der Zephyrhexen ist die Erzählung ihrer Verbannung verknüpft. Diese dunkle Geschichte erzählt von Verrat, Machtgier und dem Verlust eines unschätzbaren Teils von Aelorias Seele. Doch selbst in dieser Geschichte der Dunkelheit bleibt ein Funken Hoffnung – die Prophezeiung, dass die Zephyrhexen eines Tages zurückkehren und mit ihnen die wahren Winde von Aeloria.

Das Fest der Himmelswanderung

Eines der bedeutendsten Ereignisse im aelorischen Kalender ist das Fest der Himmelswanderung, eine Zeremonie, die den Zyklus der Jahreszeiten und die ewige Reise der schwebenden Inseln durch den Äther feiert. Während dieser Zeit versammeln sich die

Bewohner aller Inseln, um ihre Dankbarkeit gegenüber den Elementen auszudrücken und um Schutz und Wohlstand für das kommende Jahr zu bitten. Die Zeremonie umfasst die Freilassung von tausenden leuchtenden Laternen in den Himmel, die die Hoffnungen und Träume der Teilnehmenden symbolisieren, und endet mit einem spektakulären Feuerwerk, das die Macht und Schönheit der Magie darstellt.

Die Weihe der Windweber

Eine weitere zentrale Zeremonie ist die Weihe der Windweber, eine Initiation für jene, die sich der Kunst der Windmagie widmen. Diese Zeremonie findet auf den höchsten Gipfeln Aelorias statt, wo die Verbindung zum Wind am stärksten ist. Die Neophyten, umgeben von erfahrenen Magiern und der Gemeinschaft, durchlaufen verschiedene Prüfungen, die ihre Fähigkeiten und ihre Verbundenheit mit den Winden testen. Die erfolgreiche Weihe wird mit einem Fest gefeiert, bei dem die neuen Windweber ihre ersten Zauber vorführen und offiziell in die Gemeinschaft der Magier aufgenommen werden.

Das Gedenken an die Verlorenen

In Aeloria gibt es auch eine tiefgründige Zeremonie, die dem Gedenken an die Verlorenen gewidmet ist, insbesondere jenen, die im Kampf gegen die Unterdrückung durch die windlose Königin Lysandra ihr Leben gelassen haben. Während dieser Zeremonie versammeln sich die Menschen, um Kerzen anzuzünden und Lieder zu singen, die die Geschichten der Helden erzählen. Es ist ein Moment der Reflexion und der Einheit, der die Bewohner Aelorias daran erinnert, dass Freiheit und Harmonie Werte sind, die stets verteidigt und geehrt werden müssen.

Die Feier der Elemente

Die Feier der Elemente ist eine jährliche Zeremonie, die der Verehrung der vier Elemente – Erde, Luft, Feuer und Wasser – gewidmet ist. Jedes Element wird durch spezifische Rituale und Opfergaben geehrt, von tanzenden Flammen, die das Feuer repräsentieren, bis hin zu kunstvoll arrangierten Blumen und Pflanzen, die die Erde symbolisieren. Diese Zeremonie ist ein lebendiges Zeugnis des tiefen Respekts, den die Aelorier der natürlichen Welt entgegenbringen, und ihrer Überzeugung, dass Harmonie zwischen den Kräften der Natur und der Menschheit essenziell für das Wohl des Reiches ist. Diese Zeremonien und viele andere sind die

Fäden, die das soziale und spirituelle Gewebe Aelorias zusammenhalten. Sie sind Ausdruck der tiefen Verbundenheit seiner Bewohner mit ihrer Welt, eine Erinnerung an die Vergangenheit und eine Hoffnung für die Zukunft. In Aeloria ist jede Zeremonie nicht nur ein Akt der Verehrung, sondern auch eine Feier des Lebens und der Magie, die in jedem Windhauch, in jeder Flamme und in jedem Tropfen Wasser zu finden ist.

Die Karte von Aeloria

Die Karte von Aeloria ist gesprenkelt mit Orten von unermesslicher Schönheit und tiefer Magie, jeder mit seiner eigenen Legende und Geschichte, die im kollektiven Gedächtnis der Bewohner Aelorias verankert sind. Diese Orte sind nicht nur geographische Punkte, sondern Zeugen der reichen Historie und der dynamischen Kräfte, die durch Aeloria fließen.

Der Turm der Winde

Hoch auf dem Gipfel des Äthersberges, wo die Winde aus allen Richtungen zusammenkommen, steht der Turm der Winde. Dieser uralte Turm, erbaut aus einem einzigen

Stück Himmelsquarz, der im Mondschein schimmert, war einst das Heiligtum der Zephyrhexen. Es heißt, dass von hier aus die Hexen die Winde Aelorias lenkten, um Segen zu bringen und Unglück abzuwehren. Nach ihrer Verbannung wurde der Turm verlassen, umgeben von Geschichten über verlorene Magie und Geheimnisse, die auf ihre Enthüllung warten.

Die flüsternden Wälder von Silvaren

Die flüsternden Wälder von Silvaren sind ein mystischer Ort, wo die Bäume so alt sind wie die Zeit selbst. Die Legende besagt, dass diese Wälder einst das Zuhause eines alten Geistes waren, der über das Gleichgewicht zwischen Natur und den Bewohnern Aelorias wachte. Diejenigen, die durch die Wälder wandern, berichten von leisen Flüstern, die durch die Blätter wehen – Ratschläge und Warnungen des Geistes, der immer noch über sein Reich wacht.

Die Kristallseen von Lumina

Im Herzen der südlichen Inseln, verborgen vor den Augen der Unwürdigen, liegen die Kristallseen von Lumina. Ihre Wasser sind klar und ruhig, gefüllt mit leuchtenden Kristallen, die das Sonnenlicht in tausend Regenbogenfarben brechen. Es wird erzählt, dass die Kristalle die Essenz der Sterne selbst sind, herabgefallen, um den Sterblichen die Schönheit des Kosmos zu offenbaren. Die Seen sind ein Ort der Reinigung und Erneuerung, besucht von vielen auf der Suche nach innerem Frieden und Erleuchtung.

Die verlorenen Hallen von Echoryn

Tief unter der Erde der nördlichsten Insel, verborgen in einem Netz aus Höhlen und Schluchten, liegen die verlorenen Hallen von Echoryn. Diese Hallen waren einst das Zentrum des Wissens in Aeloria, eine riesige Bibliothek, die das gesammelte Wissen der alten Welt beherbergte. Doch sie wurden während der großen Kriege verschüttet und warten nun, von mutigen Seelen wiederentdeckt zu werden. Die Legenden sprechen von unermesslichen Schätzen und verbotenem Wissen, das tief in den Hallen verborgen liegt.

Der Spiegel von Aethra

Auf einer kleinen, unscheinbaren Insel, umgeben von einem ständig wechselnden Nebel, befindet sich der

Spiegel von Aethra, eine glatte, dunkle Oberfläche, die den Himmel widerspiegelt. Der Spiegel ist ein Portal, ein Fenster zu anderen Welten und Zeiten, bewacht von den Schattenwächtern, die sicherstellen, dass niemand seine Macht missbraucht. Um den Spiegel ranken sich Geschichten von Helden, die durch Zeit und Raum gereist sind, um Aeloria vor drohenden Katastrophen zu bewahren. Diese Orte, jede mit seiner eigenen Geschichte und Legende, sind mehr als nur Punkte auf einer Karte. Sie sind das Herz und die Seele von Aeloria, Zeugen der Vergangenheit und Schlüssel zur Zukunft. In ihnen lebt die Magie Aelorias weiter, wartend auf jene, die mutig genug sind, ihre Geheimnisse zu erforschen und ihre Geschichten weiterzuerzählen.

Die Bedeutung der Reisewege

Die Wege zwischen den Inseln sind mehr als bloße Verbindungen; sie sind Symbole der Hoffnung, der Freiheit und des Widerstands gegen die Tyrannei Lysandras. Luftschiffe, die von Windmagiern gesteuert werden, gleiten elegant durch die Lüfte, während geheime Pfade und magische Portale als Fluchtrouten für die Rebellen und als Wege für jene dienen, die die rigiden Kontrollen der Königin umgehen möchten.

Luftschiffe:

Das Rückgrat des Handels und der Kommunikation

Luftschiffe sind das Rückgrat des Handels und der Kommunikation in Aeloria. Diese prächtigen Konstruktionen, angetrieben durch eine Kombination aus Windmagie und Ingenieurskunst, transportieren Waren, Nachrichten und Personen zwischen den Inseln. Die Gestaltung und der Betrieb dieser Schiffe sind ein Zeugnis für das Können und die Innovation der aelorischen Bevölkerung, ein strahlendes Beispiel für die Symbiose von Magie und Technologie.

Magische Portale:

Schnelle Pfade zwischen den Welten

Neben den physischen Wegen existieren magische

Portale, die als schnelle Pfade zwischen den Welten dienen. Diese Portale, einst von den mächtigsten Zephyrhexen erschaffen, sind rar und werden von Lysandras Elite streng bewacht. Doch Gerüchte über verborgene Portale, die den Rebellen bekannt sind, nähren die Hoffnung auf eine Zukunft, in der das Wissen und die Freiheit der Magie wiederhergestellt sind.

Die Brücken der Winde:

Ein Netzwerk aus verborgenen Pfaden

Für die wagemutigen Seelen, die sich der Magie verschrieben haben, existieren die Brücken der Winde – unsichtbare Pfade, die nur mit der richtigen Kenntnis und der Macht der Windmagie beschritten werden können. Diese Pfade sind gefährlich und unberechenbar, doch für jene, die die Geheimnisse der Winde kennen, bieten sie eine Möglichkeit, sich frei zwischen den Inseln zu bewegen, verborgen vor den Augen der Königin.

Die Netzwerke der Händler und Boten

Innerhalb dieses komplexen Systems aus Luftwegen und

magischen Portalen hat sich ein ebenso komplexes Netzwerk aus Händlern, Boten und Reisenden entwickelt. Diese mutigen Seelen, die die Lüfte und magischen Pfade Aelorias durchqueren, tragen Nachrichten, Waren und Hoffnungen zwischen den Inseln. Ihre Routen und Geheimnisse sind sorgfältig gehütet, und die Kenntnis dieser Pfade ist ein wertvolles Gut, das oft nur innerhalb der Familien oder Zünfte weitergegeben wird. In Aeloria, wo die Reise zwischen den Inseln ebenso eine Reise durch die Magie selbst ist, sind diese Wege mehr als nur Mittel zum Zweck. Sie sind ein Zeugnis der Kreativität, des Mutes und des unerschütterlichen Willens der Bewohner, sich über die Grenzen ihrer Welt zu erheben und die Lüfte zu ihrem eigenen zu machen.

Die Letzte Zephyrhexe

Das Morgenlicht brach durch die Wolkendecke, als Caelan, der junge Luftschiffkapitän mit der unerschütterlichen Neugier eines Entdeckers, seinen üblichen Kontrollgang an Bord der «Sylphe» antrat. Die ruhigen Winde des Morgens trugen das Schiff sanft durch die Lüfte von Aeloria, eine Harmonie, die bald von einer unerwarteten Entdeckung unterbrochen werden sollte. In einem abgelegenen Winkel des Decks, verborgen unter einem Haufen alter Segeltücher, fand Caelan sie. Eine Frau, deren Anblick allein schon Geschichten zu erzählen schien. Ihre Haare waren so dunkel wie die Nacht über den unruhigen Meeren, ihre Haut vom Kampf gezeichnet, doch es waren die Ketten, die sie umschlungen hielten, und ihre Augen, die Caelan in seinen Bann zogen. In ihnen las er nicht Schwäche, sondern eine unerschütterliche Stärke und Entschlossenheit.

«Bei den Winden…», entfuhr es Caelan leise, als er

näher trat, sein Herzschlag beschleunigte sich.

Die Gefangene hob mühsam ihren Kopf und ihre Augen trafen die seinen.

«Hilf mir…», flüsterte sie mit einer Stimme, die trotz

ihrer Schwäche die Macht der Winde zu tragen schien.

«Wer hat dich so gefesselt?»

Caelans Stimme war ein Gemisch aus Sorge und Faszination.

«Die, die fürchten, was sie nicht kontrollieren können»,

antwortete sie, ein Schatten eines Lächelns umspielte

ihre Lippen.

«Ich bin Elara.»

«Elara… die letzte Zephyrhexe», murmelte Caelan, als

die Erkenntnis in ihm aufstieg wie die Morgensonne

über Aeloria.

Die Geschichten, die er als Kind gehört hatte, waren also wahr. Vor ihm lag eine Legende, eine Magierin, deren Macht die Lüfte selbst beherrschte. Warum war sie in Ketten? Und warum gerade auf seinem Schiff? Fragen, die in Caelans Kopf wirbelten, doch eines stand fest: Er konnte sie nicht ihrem Schicksal überlassen. Mit zitternden Händen löste Caelan die Ketten, die Elara gefangen hielten. Als die letzte Fessel fiel, keuchte sie auf und richtete sich langsam auf, ihre Augen funkelten vor Dankbarkeit.

«Ich weiß nicht, wer du bist, Junge, aber ich danke dir.

Meine Kräfte sind versiegelt, doch mit deiner Hilfe

kann ich sie vielleicht wiedererlangen», sagte Elara,

ihre Stimme gewann an Stärke.

«Ich bin Caelan, Kapitän der Sylphe.

Aber warum du, warum hier?»

Die Fragen sprudelten aus ihm heraus. Elara sah sich um, als ob sie die Weiten des Himmels nach Antworten absuchte.

«Es ist eine lange Geschichte, geprägt von Verrat und

Dunkelheit.

Lysandra, die windlose Königin, fürchtet die Macht,

die ich besitze.

Sie will das Wissen und die Freiheit, die die Winde

bringen, für immer versiegeln.»

Ein neuer Entschluss erwachte in Caelan. Er würde Elara helfen, ihre Kräfte zurückzugewinnen und Lysandras Tyrannei zu beenden. Zusammen mit einer Crew aus Rebellen, die sie auf ihrer Reise sammeln würden, würden sie sich den Gefahren stellen, die vor ihnen lagen.

«Wir werden deine Kräfte wiederherstellen, Elara.

Und wir werden Lysandra stürzen», verkündete Caelan

mit einer Entschlossenheit, die er selbst nicht von sich

kannte.

So begann ihre Reise, ein Abenteuer, das in die Annalen von Aeloria eingehen würde, geführt von Caelans Entdeckung einer gefesselten Zephyrhexe an Bord seines Luftschiffes. Eine Reise voller Gefahren, Magie und unerwarteter Verbündeter, auf der Suche nach Gerechtigkeit und Freiheit in den schwebenden Inseln von Aeloria.

Elaras Geschichte

Während das Luftschiff durch die Dämmerung segelte, ein sanftes Leuchten am Horizont, fand sich Elara an Deck wieder, die kalte Luft strich sanft über ihre wieder freien Arme. Caelan, der Kapitän, der ihr die Freiheit geschenkt hatte, trat zu ihr, seine Neugierde so offensichtlich wie der aufkommende Sternenhimmel.

«Elara, wer bist du wirklich?

Und warum jagt dich die windlose Königin mit solcher

Vehemenz?»

Seine Stimme war sanft, fast so sanft wie der Wind, der sie umfing. Elara schaute in die Ferne, ihre Augen fingen das letzte Licht des Tages ein.

«Meine Geschichte beginnt mit den Winden von Aeloria

selbst», begann sie, ihre Stimme trug eine Melancholie,

die älter schien als die Zeit.

«Ich wurde in eine Welt geboren, in der die Magie der

Zephyrhexen als Geschenk galt, ein Band zwischen

den Himmeln und der Erde.»

Caelan lauschte fasziniert, als Elara fortfuhr.

«Die Zephyrhexen wurden verehrt für ihre Fähigkeit,

die Winde zu kontrollieren, Stürme zu besänftigen und die Luftschiffe sicher durch die Lüfte zu führen.

Doch mit der Zeit wuchs die Angst vor unserer Macht.»

«Angst?», fragte Caelan, seine Stirn in Falten gelegt.

«Ja, Angst», bestätigte Elara.

«Lysandra, einst eine von uns, eine Schwester im Geiste, wandte sich gegen die Zephyrhexen.

Sie fürchtete unsere Macht und strebte danach, sie für ihre eigenen dunklen Zwecke zu nutzen.

Als sie an die Macht kam, verbannte sie uns, jagte uns... bis ich die Letzte war.»

Caelans Herz schlug schneller bei dieser Enthüllung.

«Aber warum?

Warum hat sie dich verschont?»

Elara lächelte traurig.

«Verschont?

Nein, Caelan.

Sie wollte mich als Beispiel nutzen, als Warnung vor
dem Widerstand.

Doch sie unterschätzte meinen Willen zu überleben
und die Tiefe meiner Mission.»

«Und welche Mission ist das?», drängte Caelan, sein
Blick fest auf Elara gerichtet.

«Meine Mission», sagte Elara, während ihre Augen eine
Entschlossenheit ausstrahlten, die Caelan bis ins Mark
erschütterte, «ist es, die Windmagie zu Aeloria
zurückzubringen, die Freiheit der Lüfte
wiederherzustellen und Lysandras
Schreckensherrschaft zu beenden.

Ohne die Magie der Zephyrhexen ist Aeloria gefangen
in einer Stille, einer windlosen Tyrannei.»

Caelan stand da, überwältigt von der Stärke und dem

Mut dieser Frau, die trotz aller Widrigkeiten an ihrer Mission festhielt.

«Dann werde ich dir helfen, Elara.

Wir werden gemeinsam die Winde Aelorias befreien.»

In dieser Nacht, unter den Sternen, versprachen sich Caelan und Elara, Seite an Seite zu kämpfen, um die Dunkelheit, die über Aeloria lag, zu vertreiben und das Reich in eine neue Ära der Freiheit und Hoffnung zu führen. Es war der Beginn einer Allianz, die die Grundfesten des Reiches erschüttern sollte.

Verbündete im Zwielicht

Die Entscheidung war gefallen. Caelan und Elara wussten, dass sie ihre Mission nicht allein bewältigen konnten. Sie benötigten Verbündete – nicht irgendwelche, sondern jene mit besonderen Fähigkeiten und noch besonderen Herzen. So begann ihre Suche nach den Außergewöhnlichen, den Verborgenen, den Mutigen.

Die Feuerzauberin

Ihre erste Begegnung führte sie zu Liora, einer Feuerzauberin mit einer Zunge so scharf wie ihre Flammen.Sie fanden sie in einer Taverne, umgeben von einer Menge, die ihre Darbietung beobachtete, wie sie mit flüssigem Feuer jonglierte, das ihre Hände unberührt ließ.

«Sucht ihr Unterhaltung oder habt ihr euch verirrt?», fragte Liora spöttisch, als Caelan und Elara sich ihr näherten.

«Wir suchen Verbündete», erklärte Elara, unbeeindruckt von Lioras Sarkasmus.

«Wir kämpfen gegen die windlose Königin.»

Liora lachte, ein Klang wie knisterndes Feuer.

«Und warum sollte ich mich einem solchen Selbstmordkommando anschließen?»

«Weil du, genau wie wir, weißt, dass Aeloria mehr verdient als Lysandras Herrschaft», entgegnete Caelan mutig.

Lioras Blick wechselte zwischen Caelan und Elara, dann erloschen die Flammen in ihrer Hand.

«Gut, ich bin dabei.

Aber lasst uns hoffen, dass euer Plan besser ist als eure

Überzeugungskünste.»

Der stumme Krieger

Weiter führte ihre Reise sie zu Thane, einem Krieger von großer Statur, dessen Stimme seit einem Kampf gegen eines von Lysandras Monstern verstummt war. Thane kommunizierte durch die Musik seiner Harfe, die ebenso kraftvoll war wie seine Schwertführung. Sie trafen ihn, wie er allein unter einem alten Baum saß, die Saiten seiner Harfe zupfend, die Melodie melancholisch und voller Sehnsucht.

«Thane, wir brauchen deine Stärke», sagte Elara,

während sie sich zu ihm setzte.

«Und deine Musik.»

Thane blickte auf, seine Augen erzählten Geschichten von Schlachten und Verlust, aber auch von Hoffnung. Er spielte eine neue Melodie, eine, die Entschlossenheit und Zustimmung ausdrückte.

Der schlaue Fuchsgeist

Zuletzt stießen sie auf Aiko, einen Fuchsgeist, dessen

Schlauheit nur von seiner Neugierde übertroffen wurde. Aiko fanden sie in einem verlassenen Turm, umgeben von alten Büchern und Artefakten, ein Beweis seiner unersättlichen Suche nach Wissen.

«Ein Fuchsgeist, interessiert an unserer kleinen

Rebellion?», fragte Liora skeptisch, als Aiko um sie

herumtanzte, sein Fell schimmernd im Mondlicht.

Aiko, in der Lage, direkt in ihre Gedanken zu sprechen, antwortete:

«Jede Geschichte braucht ihren Erzähler.

Und ich möchte sehen, wie diese endet.»

Mit Liora, Thane und Aiko an ihrer Seite hatten Caelan und Elara nun eine Crew, so bunt und vielfältig wie die Inseln von Aeloria selbst. Jeder brachte seine eigene Stärke, sein eigenes Geheimnis und seine eigene Hoffnung in die Mission ein. Gemeinsam standen sie auf dem Deck der «Sylphe», blickten in die Sterne und wussten, dass der Weg vor ihnen gefährlich war. Doch mit solch ungewöhnlichen Verbündeten an ihrer Seite fühlten sie sich bereit, selbst die dunkelsten Stürme zu durchqueren.

Die ersten Herausforderungen

Kaum hatte sich die neu formierte Crew auf der «Sylphe» zusammengefunden, wurde sie bereits mit den ersten Herausforderungen konfrontiert. Die Winde von Aeloria schienen ihre Entschlossenheit auf die Probe stellen zu wollen, als ein plötzlicher Sturm aufzog, der das Luftschiff heftig durchschüttelte.

«Bei den Sternen, das kam schnell», rief Caelan,

während er verzweifelt versuchte, das Steuer unter

Kontrolle zu halten.

«Lasst mich helfen», sagte Liora, ihre Hände leuchteten

auf, als sie versuchte, die Flammen zu bändigen und sie

gegen den Wind zu lenken, um ihnen etwas Schutz zu

bieten.

Thane, der stumme Krieger, packte ohne zu zögern die Seile, seine Stärke bewies sich als unschätzbar, um die Segel zu sichern und das Luftschiff stabil zu halten. Aiko, der schlaue Fuchsgeist, flitzte umher, half, wo er konnte, und leitete die anderen mit seinen gedanklichen Anweisungen.

«Wir müssen zusammenarbeiten!», rief Elara über den

Lärm des Sturms.

Ihre Worte schienen die Gruppe zu einen, jeder fand seinen Platz, jeder trug bei, um das Schiff durch den Sturm zu manövrieren. Als der Sturm nachließ und die «Sylphe» sich wieder beruhigte, atmeten alle erleichtert auf. Sie hatten die erste Prüfung bestanden, aber mehr noch, sie hatten gelernt, als Team zusammenzuarbeiten.

«Das war… beeindruckend», sagte Caelan, während er

sich an die Crew wandte.

«Jeder von euch hat seine Stärken eingebracht.

Ohne eure Hilfe hätten wir das nicht geschafft.»

Liora, deren Sarkasmus selbst nach der Anspannung nicht nachließ, entgegnete:

«Nun, ich habe nicht vor, so bald unterzugehen.

Nicht, bevor ich sehe, wie diese Geschichte endet.»

Thane strich über die Saiten seiner Harfe, die Melodie, die er spielte, war voller Hoffnung und Zusammenhalt, eine stille Anerkennung der Leistung der Gruppe. Aiko tanzte um die Crew herum, sein leuchtendes Fell schimmerte im Licht des aufklarenden Himmels.

«Eine Geschichte wert, erzählt zu werden», übermittelte er gedanklich, ein Funkeln in seinen Augen.

In diesem Moment, unter den wachsamen Augen der Sterne, wusste die Crew, dass sie mehr waren als nur eine Gruppe von Gefährten. Sie waren eine Einheit, gebunden durch das gemeinsame Ziel, Aeloria zu befreien. Die Herausforderungen, die vor ihnen lagen, würden zweifellos größer und gefährlicher werden. Doch mit der neu entdeckten Stärke ihrer Zusammenarbeit fühlten sie sich bereit, jedem Sturm zu trotzen, der sich ihnen in den Weg stellen würde.

Auf der Suche nach den Tempeln

Mit den ersten Strahlen der Morgensonne, die sich über den Horizont von Aeloria erhob, machte sich die Crew der «Sylphe» bereit für die Reise, die vor ihnen lag. Ihre Bestimmung: die alten Tempel, verborgen in den unerforschten Winkeln des Reiches, deren Geheimnisse den Schlüssel zur Wiederherstellung von Elaras Kräften bergen könnten. Caelan überprüfte die Karten, die auf dem Steuertisch ausgebreitet waren, seine Stirn in Konzentration gefurcht.

«Die Legenden sprechen von drei Tempeln», erklärte er, während seine Finger über die vergilbten Papiere glitten.

«Jeder Tempel ist einem Element gewidmet – Wind,

Erde und Feuer.

Wir beginnen unsere Suche im Norden, beim Tempel

des Windes.»

Elara trat neben ihn, ihre Augen spiegelten die Entschlossenheit wieder, die in ihrer Stimme schwang.

«Die Tempel wurden einst von den Zephyrhexen

genutzt, um ihre Verbindung zu den Elementen zu

stärken.

Wenn wir die Rituale dort wiederbeleben können,

sollten meine Kräfte zurückkehren.»

Liora, die Feuerzauberin, schnaubte.

«Und wenn nicht, haben wir einen netten Ausflug

gemacht.

Ich hoffe nur, diese Tempel haben nach all

den Jahren nicht zu sehr gelitten.»

Thane, der stumme Krieger, neigte zustimmend den Kopf und strich sanft über die Saiten seiner Harfe, die Melodie erfüllt von Optimismus. Aiko, der schlaue Fuchsgeist, tänzelte um die Gruppe herum, sein Schweif zeichnete Muster in die Luft. «Abenteuer ruft», schien er zu sagen, seine Augen funkelten vor Vorfreude auf die Geheimnisse, die entdeckt werden sollten. Die «Sylphe» erhob sich langsam in die Luft, getragen von den morgendlichen Brisen, die durch Aeloria wehten. Die Reise zum Tempel des Windes führte sie über weite Ebenen und tiefe Wälder, vorbei an schroffen Bergen, deren Gipfel die Wolken berührten. Unterwegs wurden sie mit den Launen der Natur konfrontiert – von plötzlichen Stürmen, die ihre Entschlossenheit testeten, bis hin zu atemberaubenden Anblicken, die ihre Herzen mit Ehrfurcht füllten. Die Herausforderungen der Reise schmiedeten die Crew enger zusammen, ihre Fähigkeiten ergänzten sich, während sie jedem Hindernis trotzen, das sich ihnen in den Weg stellte.

Begegnungen mit Gefahren

Als sie ihre Reise fortsetzten, wurden sie von einem Schwarm Greifen angegriffen, riesige Kreaturen mit dem Körper eines Löwen und den Flügeln und Köpfen eines Adlers. Die Greifen kreisten drohend über dem Luftschiff, ihre Schreie durchschnitten die Stille des

Morgens.

«Bei allen Feuern», fluchte Liora und ließ Flammen in ihren Händen aufflammen, bereit, die Angreifer abzuwehren.

«Ich dachte, Greifen seien nur Legenden!»

«Offenbar nicht», erwiderte Caelan, während er das Steuer herumriss, um einem Sturzflug eines der Greifen auszuweichen.

«Thane, Aiko, seid ihr bereit?»

Thane nickte, zog sein Schwert und positionierte sich so, dass er jeden Greifen treffen konnte, der zu nahe kam. Aiko, dessen Körper in einem schimmernden Licht zu vibrieren begann, bereitete sich darauf vor, die Kreaturen mit seiner Fuchsmagie zu verwirren. In einem koordinierten Angriff ließ Liora eine mächtige Feuerwelle los, die einige der Greifen zurückschrecken ließ, während Thane mit präzisen Schlägen jeden abwehrte, der versuchte, an Bord zu kommen. Aiko, geschickt in seinen Bewegungen, lenkte die Aufmerksamkeit der Greifen ab, gab Caelan und Elara die Möglichkeit, das Schiff aus der Gefahrenzone zu steuern.

«Das war knapp», keuchte Caelan, als die letzten Greifen sich zurückzogen, abgeschreckt von der Entschlossenheit und Macht der Crew.

«Wir müssen wachsamer sein», sagte Elara, ihre Stimme ruhig, aber bestimmt.

«Aeloria ist voller alter Magie und Kreaturen, die wir nicht unterschätzen dürfen.»

Die Crew nickte zustimmend, jeder von ihnen bewusst über die Wichtigkeit ihrer Mission und der Herausforderungen, die noch vor ihnen lagen. Wenige Tage später, tief in einem nebelverhangenen Tal, fanden sie sich umzingelt von Schattenwesen – flüsternde Gestalten, die aus dem Nichts auftauchten, ihre Präsenz kalt und bedrohlich. Die Schatten schienen die Lebensenergie aus allem zu saugen, was ihnen zu nahe kam.

«Sie ernähren sich von Angst», erkannte Elara.

«Lasst euch nicht von ihnen einschüchtern!»

Mit dieser Erkenntnis konzentrierten sie ihre Kräfte, Lioras Feuer tauchte das Tal in ein wärmendes Licht, Thanes Harfenspiel erfüllte die Luft mit Mut machenden

Melodien, und Aikos schlaue Illusionen verwirrten die Schattenwesen, bis sie sich schließlich auflösten. Jede Begegnung lehrte die Crew eine wertvolle Lektion über die Notwendigkeit der Zusammenarbeit und die Kraft, die in ihrem Zusammenhalt lag. Mit jedem überwundenen Hindernis wuchs ihr Vertrauen ineinander, und die Entschlossenheit, ihre Mission zu erfüllen, wurde nur noch stärker. So setzten sie ihre Reise fort, durch ein Land voller Wunder und Gefahren, immer dem Ziel entgegen, die alten Tempel zu finden und die Freiheit der Winde nach Aeloria zurückzubringen.

Geheimnisse der Vergangenheit

Nach Tagen der mühseligen Reise erreichten Caelan, Elara und ihre unerschrockene Crew endlich den verfallenen Tempel des Windes, ein Monument, das einst im Herzen von Aelorias Magie stand. Die Ruinen, überwuchert von Moos und der Stille der Jahrhunderte, verbargen Geheimnisse, die tief in den Steinen eingeschrieben waren.

«Dieser Ort… er atmet Geschichte», flüsterte Caelan

ehrfürchtig, als sie durch die gewaltigen Torbögen

traten, die trotz des Verfalls ihre Pracht nicht verloren

hatten.

Elara, deren Augen im schwachen Licht des Tempelinneren zu leuchten begannen, führte die Gruppe tiefer in die Hallen.

«Die Zephyrhexen haben hier Wissen und Macht

gesammelt, ein Wissen, das Lysandra fürchtete und

begehrte.»

An den Wänden fanden sie Fresken, die Geschichten aus einer längst vergangenen Ära erzählten. Mit jeder Darstellung, die sie entschlüsselten, offenbarten sich ihnen mehr über die Zephyrhexen und die Gründe für ihre Verbannung.

«Schaut hier», rief Liora, ihre Stimme durchbrach die

Stille.»

Sie deutete auf eine Wandmalerei, die eine Gruppe von Frauen zeigte, die in einem Kreis standen, ihre Hände vereint, während sie von mächtigen Winden umgeben waren.

«Diese Frauen… sie kontrollierten die Elemente nicht

aus Gier, sondern um Aeloria zu schützen.»

Thane, ohne Worte, strich sanft über die Reliefs, als wolle er die Geschichten, die sie erzählten, besser verstehen.

Aiko, dessen Neugier unersättlich war, sprang von einer Ruine zur nächsten, seine Augen blitzten auf, als er auf eine versteckte Nische deutete.

«Hier, verborgen vor den Augen der Verräterin.»

In der Nische entdeckten sie ein altes Manuskript, dessen Seiten von der Zeit gezeichnet waren, aber immer noch lesbar. Elara öffnete das Buch mit zitternden Händen und begann, die Zeilen zu lesen.

«Es war Lysandra, die einst zu uns gehörte.

Sie wandte sich gegen die Zephyrhexen, aus Neid und

Angst vor der Macht, die wir teilten.

Ihre Gier nach Kontrolle führte sie dazu, die

Zephyrhexen zu verraten und ihr eigenes Reich zu

errichten, ein Reich ohne Wind und Freiheit.»

Die Crew stand in Schweigen, während die Wahrheit auf sie herabsank. Die Verbannung der Zephyrhexen war nicht das Ergebnis ihrer Übergriffe, sondern eines Verrats von innen, einer Geschichte, die von der windlosen Königin umgeschrieben worden war.

«Wir müssen diese Wahrheit ans Licht bringen», sagte

Elara entschlossen, die Seiten des Manuskripts

streichelnd.

«Lysandras Herrschaft basiert auf Lügen.

Aeloria verdient die Wahrheit.»

«Und die Freiheit», fügte Caelan hinzu, seine Stimme

fest.

«Wir werden die Winde Aelorias befreien, nicht nur für

uns, sondern für alle, die unter Lysandras Schatten

leben.»

In den Ruinen des alten Tempels, umgeben von den Echos einer vergessenen Vergangenheit, schworen Caelan, Elara und ihre Crew, die Geheimnisse der Zephyrhexen zu enthüllen und den Kampf gegen die windlose Königin fortzusetzen, getrieben von der Macht der Wahrheit und dem Wunsch nach einer neuen Richtung für Aeloria.

Interne Konflikte

Die Offenbarungen im Tempel des Windes, so kraftvoll und enthüllend sie auch waren, säten unerwartet Zwietracht unter den Gefährten. Die Geschichte

Aelorias, insbesondere die dunkle Wahrheit hinter Lysandras Aufstieg, zwang einige Mitglieder der Crew, ihre eigene Vergangenheit und ihre Motivationen zu überdenken. In den kühlen Schatten der Tempelruinen, während die Gruppe um ein kleines Feuer saß, brach die angespannte Stille.

«Ich kann nicht glauben, dass wir all die Jahre in Lügen gelebt haben», murmelte Liora, ihr Blick in die Flammen gerichtet.

«Wie können wir sicher sein, dass unsere Sache gerecht ist, wenn die Geschichte so leicht verdreht werden kann?»

Ihre Worte hingen schwer in der Luft, ein Echo der Zweifel, die in jedem von ihnen keimten. Thane, der sonst so schweigsame Krieger, griff zu seiner Harfe, doch selbst die beruhigenden Klänge konnten die wachsende Unruhe nicht lindern. Seine stummen Augen spiegelten einen inneren Konflikt wieder, die Sorge, dass seine Taten, getrieben von einer verborgenen Wahrheit, vielleicht nicht so ehrenhaft waren, wie er geglaubt hatte. Aiko, der Fuchsgeist, dessen Geist bisher jede Situation mit Verschlagenheit und Optimismus genommen hatte, wirkte ungewöhnlich nachdenklich.

«Was ist, wenn unsere Entscheidungen nur Marionetten in einem größeren Spiel sind?», teilte er gedanklich mit, seine sonst so leuchtenden Augen jetzt gedämpft.

Elara stand auf, ihre Silhouette zeichnete sich gegen das Feuer ab.

«Unsere Entscheidungen definieren uns, nicht die Vergangenheit.

Lysandras Regime hat vielen Leid gebracht, unabhängig von den Lügen, auf denen es gebaut wurde.

Wir kämpfen für diejenigen, die keine Stimme haben, für die Freiheit der Winde und der Seelen Aelorias.»

Caelan nickte, seine Entschlossenheit durch Elaras Worte gestärkt.

«Elara hat recht.

Es mag sein, dass wir nicht alle Antworten haben, aber unser Ziel bleibt gerecht.

Wir dürfen nicht zulassen, dass Zweifel uns lähmen.»

Ein langes Schweigen folgte, während jeder über Caelans Worte nachdachte. Schließlich hob Liora den Kopf, ein entschlossenes Funkeln in ihren Augen.

«Dann lasst uns sicherstellen, dass unser Kampf nicht

umsonst ist.

Wir werden Aeloria die Wahrheit bringen und

Lysandra stürzen, für die Freiheit, die jedem von uns

versagt wurde.»

Die Spannungen innerhalb der Gruppe waren nicht vollständig verschwunden, doch die Erkenntnis ihrer gemeinsamen Sache – und der Glaube aneinander – schmiedete sie erneut zusammen. Sie erkannten, dass die Herausforderungen, die sie als Gruppe zu bewältigen hatten, sie nur stärker machen würden. In dieser Nacht, unter dem Sternenhimmel von Aeloria, erneuerten sie ihr Gelübde, nicht nur gegen eine tyrannische Herrscherin zu kämpfen, sondern auch gegen die Schatten der Zweifel, die in ihren eigenen Herzen lauerten.

Die Wiederherstellung der Kräfte

Nach einer langen und gefahrvollen Reise durch Aeloria hatten Caelan, Elara und ihre treue Crew endlich die letzten Artefakte gesammelt, die für das alte Ritual benötigt wurden, um Elaras Kräfte wiederherzustellen. Die Artefakte, jedes ein Echo der Macht der Zephyrhexen, lagen nun vor ihnen, ausgebreitet im Herzen des Tempels des Windes, dessen Ruinen nun Zeuge eines entscheidenden Moments werden sollten.

«Dies ist der Ort», sagte Elara, ihre Stimme erfüllt von

Ehrfurcht und einer Spur von Nervosität.

«Die Artefakte müssen in den vier Ecken des

Ritualkreises platziert werden.

Jedes repräsentiert ein Element – Wind, Erde, Feuer

und Wasser.»

Caelan nickte und begann, die Artefakte entsprechend zu positionieren, während Liora, Thane und Aiko genau zusahen. Die Atmosphäre war geladen mit einer Erwartung, so dicht wie der Nebel, der den Tempel umhüllte.

"Was muss ich tun?", fragte Caelan, als er zu Elara

zurückkehrte.

Elara nahm eine tiefgründige Haltung ein und schloss die Augen.

«Ich muss mich in die Mitte des Kreises begeben und die

Verbindung zu den Elementen wiederherstellen.

Ihr alle müsst den Kreis bewachen.

Das Ritual wird uns allen viel abverlangen.»

Liora trat vor, die Flammen in ihren Händen flackerten

im Einklang mit ihrer Entschlossenheit.

«Wir sind bereit, Elara.

Beginne das Ritual, wir halten dir den Rücken frei.»

Elara nickte und trat in die Mitte des Kreises. Sie begann, eine alte Melodie zu summen, eine Melodie, die in der Luft vibrierte und den Raum mit einer uralten Kraft erfüllte. Die Artefakte begannen zu leuchten, jedes strahlte eine andere Farbe aus, während sie ihre Energien in den Kreis leiteten. Thane, der stumme Krieger, griff fest um seine Harfe, spielte eine unterstützende Melodie, die Elaras Gesang verstärkte. Aiko, der Fuchsgeist, tanzte um den Kreis herum, seine Bewegungen ein stummes Gebet an die alten Götter Aelorias. Plötzlich durchbrach ein starker Windstoß den Tempel, umhüllte Elara und hob sie leicht vom Boden. Ihre Stimme wurde stärker, und das Licht der Artefakte konzentrierte sich auf sie, umhüllte sie in einem Strudel aus Farben und Energien.

«Es geschieht», flüsterte Caelan, seine Augen weit

aufgerissen vor Staunen.»

Mit einem letzten, kraftvollen Akkord von Thanes Harfe und einem hellen Aufblitzen, das den gesamten Tempel erfüllte, endete das Ritual abrupt. Die Stille, die folgte, war tief und vollkommen.

Elara sank zu Boden, erschöpft, aber unverkennbar verändert. Ihre Augen öffneten sich, leuchtend vor erneuerter Kraft und Tiefe.

«Es ist vollbracht», hauchte sie, ihre Stimme trug nun

ein Echo der Winde selbst.»

Die Crew eilte zu ihr, um sie zu stützen, ihre Gesichter ein Gemisch aus Erleichterung und Bewunderung.

«Du hast es geschafft, Elara», sagte Caelan, ein Lächeln

umspielte seine Lippen.

«Deine Kräfte sind zurück.»

Liora, Thane und Aiko teilten einen Moment des stillen Triumphs. Sie hatten gemeinsam das Unmögliche möglich gemacht. In den Ruinen des Tempels des Windes hatte die Crew nicht nur Elaras Kräfte wiederhergestellt, sondern auch eine tiefere Verbindung zueinander gefunden. Sie waren bereit, die nächste Phase ihrer Mission anzugehen, gestärkt durch das Wissen, dass sie zusammen jedes Hindernis überwinden konnten.

Neue Stärke

Nachdem das Ritual abgeschlossen war und Elara von

der Crew unterstützt aufstand, durchströmte sie ein Gefühl der Erneuerung. Ihre Kräfte waren nicht nur zurückgekehrt, sondern sie spürte auch eine tiefere Verbindung zu den Elementen von Aeloria, eine Verbindung, die ihr neue Klarheit über ihre Mission und die wahre Natur der Bedrohung durch Lysandra verlieh.

«Es ist, als hätte ich Aeloria zum ersten Mal wirklich

gesehen», begann Elara, während sie ihre Hände

betrachtete, in denen das sanfte Leuchten ihrer

wiedererlangten Magie zu sehen war.

«Die Verbannung der Zephyrhexen und Lysandras

Aufstieg zur Macht... es ist alles miteinander

verbunden, ein Gewebe aus Lügen und Verrat, das sie

über das Reich gespannt hat.»

Caelan trat näher, seine Miene von Sorge gezeichnet.

«Was meinst du, Elara?

Was hast du gesehen?»

Elara blickte auf, ihre Augen trafen die seinen.

«Lysandra fürchtet nicht nur die Macht der

Zephyrhexen, sie fürchtet die Freiheit, die sie repräsentieren.

Sie hat Aeloria in einen Käfig verwandelt, einen Käfig ohne Winde, in dem ihre Herrschaft unangefochten bleibt.»

Liora, deren Sarkasmus in Anbetracht der Schwere der Offenbarung verstummte, fügte hinzu:

«Also ist unser Kampf nicht nur für die Wiederherstellung deiner Kräfte.

Es geht um die Befreiung Aelorias selbst.»

Elara nickte.

«Genau.

Aber jetzt, da meine Kräfte zurückgekehrt sind, spüre ich auch die Präsenz eines alten Bündnisses, eine Quelle der Macht, die tief in Aeloria verwurzelt ist.

Wenn wir es wiedererwecken können, haben wir eine Chance, Lysandra zu stürzen.»

Thane, der bislang still seine Harfe gestimmt hatte, ließ eine Melodie erklingen, die Zustimmung und Unterstützung signalisierte. Seine Musik fügte sich nahtlos in das Geflecht der neuen Entschlossenheit der Gruppe ein. Aiko, dessen schelmisches Wesen durch die Bedeutung des Moments gedämpft wurde, teilte gedanklich mit:

«Unsere Reise war also nur der Beginn.

Das wahre Abenteuer beginnt jetzt.»

«Ja», sagte Elara und stand voller neuer Stärke da.

«Und mit dieser Macht werde ich nicht nur Lysandra

entgegentreten, sondern auch den Menschen von

Aeloria zeigen, dass es eine andere Zukunft gibt, eine

Zukunft, in der Freiheit und Hoffnung gedeihen

können.»

Die Crew, nun mehr denn je vereint in ihrem Zweck, schaute sich an. Jeder von ihnen wusste, dass der Weg vor ihnen schwierig sein würde. Doch in diesem Moment, umgeben von den Ruinen des alten Tempels, spürten sie alle die Wahrheit in Elaras Worten.

«Lasst uns beginnen», sagte Caelan, seine Stimme

kraftvoll in der aufkommenden Dämmerung.

«Für Elara, für Aeloria, für die Freiheit.»

Mit der Wiederherstellung ihrer Kräfte und neuen Einsichten in ihre Mission bereitete sich die Crew auf die nächste Phase ihrer Reise vor, bereit, gegen die wahre Bedrohung durch Lysandra anzukämpfen und das Schicksal von Aeloria zu ändern.

Der Aufstand

Nach ihrer tiefgreifenden Reise durch die verlorenen Tempel Aelorias, bewaffnet mit neugewonnenen Einsichten und Kräften, kehrte die Crew der «Sylphe» nach Aeloria zurück. Die Stadt, die einst ein lebhaftes Herz des Reiches war, lag jetzt unter einem Schleier der Unterdrückung. Doch in den Augen von Caelan, Elara und ihren Gefährten brannte ein Feuer der Hoffnung, das nicht zu löschen war.

«Wir müssen klug vorgehen», sagte Caelan, während sie sich in einem verborgenen Unterschlupf am Rande der Stadt versammelten.

«Lysandras Streitkräfte sind mächtig, aber wir haben

etwas, das sie nicht haben – das Element der

Überraschung und die Macht der alten Magie.»

Elara, deren Kräfte nun vollständig wiederhergestellt waren, nickte zustimmend.

«Lysandra hat die Verbindung zu den Elementen

verloren.

Ihre Macht basiert auf Angst.

Wenn wir die Menschen von Aeloria befreien können,

wird ihre Herrschaft ins Wanken geraten.»

Liora, die Feuerzauberin, schürte die Flammen in einer kleinen Feuerstelle, die sie für Wärme entzündet hatten.

»Ich habe in den Straßen von Aeloria Ohren und Augen.

Es gibt viele, die sich nach Freiheit sehnen.

Wir müssen sie nur inspirieren, sich uns

anzuschließen.«

Thane, der stumme Krieger, legte seine Hand auf die Harfe, bereit, seine Musik als Signal für den Aufstand zu nutzen. Aiko, der schlaue Fuchsgeist, huschte umher, sein

Geist bereit, Nachrichten zu überbringen und die Stimmung der Stadt zu erkunden.

»Wir benötigen einen Plan, um in den Palast zu

gelangen«, sagte Elara nachdenklich.

»Lysandras Machtzentrum ist gut geschützt, aber es gibt

alte Geheimgänge, von denen nur wenige wissen.

Als Zephyrhexe kenne ich sie.«

Caelan breitete eine Karte von Aeloria auf dem Tisch aus.

»Dann ist das unser erster Schritt.

Wir infiltrieren den Palast, schwächen Lysandras

Kräfte von innen und rufen die Bürger zum Aufstand

auf.

Elara, du und Liora könntet versuchen, die Elemente

zu unseren Gunsten zu wenden.«

Elara lächelte.

»Genau.

Und mit Thanes Musik und Aikos Fähigkeiten, die

Wahrheit zu verbreiten, können wir die Herzen der Menschen erreichen.«

Die Nacht verging mit weiteren Planungen, und als der Morgen dämmerte, war die Crew bereit, ihre mutigsten Schritte zu unternehmen. Sie teilten sich auf, jeder mit einer eigenen, entscheidenden Rolle in dem bevorstehenden Aufstand. Als die Sonne über Aeloria aufging, begannen die ersten Zeichen des Aufstands sich zu zeigen. Lioras Feuerzauber leuchteten in den frühen Morgenstunden, ein Signal für die Bürger, dass die Zeit gekommen war. Thanes Harfenmusik, verstärkt durch magische Kräfte, trug die Botschaft der Hoffnung durch die Straßen. Aiko, flinker denn je, verbreitete Nachrichten und koordinierte die Bewegungen der Rebellen. In den Schatten des Morgens bewegte sich die Crew unaufhaltsam auf ihr Ziel zu, bereit, alles zu riskieren, um Aeloria von der Tyrannei zu befreien. Es war der Beginn eines Aufstands, der in die Geschichte eingehen sollte, ein Kampf nicht nur um Macht, sondern um die Seele eines ganzen Reiches.

Der Aufstand beginnt

Die Stadt Aeloria, einst ein Ort der Freiheit und der Winde, fand sich in den frühen Morgenstunden unter einem Mantel der Spannung wieder. Die Nachrichten über den bevorstehenden Aufstand hatten sich wie ein Lauffeuer verbreitet, genährt durch die Hoffnung, die Lioras Flammen in den Herzen der Unterdrückten entfacht hatten. Elara stand an der Spitze, ihre Augen funkelten mit der Kraft der wiedererlangten Magie.

«Heute ist der Tag, an dem wir die Ketten brechen, die

Lysandra um Aeloria gelegt hat.

Heute kämpfen wir nicht nur für uns selbst, sondern

für die Zukunft aller in diesem Reich.»

Um sie herum versammelten sich die Mitglieder des Widerstands, ihre Gesichter entschlossen, ihre Hände fest um die Symbole ihrer Rebellion geklammert. Sie hatten alle auf diesen Moment gewartet, den Moment, in dem der Kampf um ihre Freiheit beginnen würde. Caelan trat neben Elara, seine Stimme fest und klar.

«Wir stehen heute vereint, eine Allianz aus Bürgern,

Rebellen und Magiern.

Mit Elaras Kraft und unserem unerschütterlichen

Willen werden wir Lysandra stürzen.»

Liora, deren Sarkasmus nun einem unverrückbaren

Glauben an ihre Sache gewichen war, ließ ihre Flammen in die Höhe schnellen.

«Lasst uns zeigen, dass Feuer nicht nur zerstört, sondern auch den Weg für Neues frei macht.

Für Aeloria!»

Thane, dessen stille Präsenz eine Ruhe ausstrahlte, die im Kontrast zur aufgeladenen Atmosphäre stand, begann auf seiner Harfe zu spielen. Die Melodie war eine Ode an den Mut und die Entschlossenheit, die sie alle hierher geführt hatte. Aiko, der Fuchsgeist, huschte durch die Menge, seine Augen blitzten auf, als er die Stimmung der Menschen einfing.

«Es ist Zeit», übermittelte er gedanklich an Elara, ein Versprechen, dass dieser Tag in die Geschichte eingehen würde.»

Mit einem Zeichen von Elara setzte sich die Menge in Bewegung, ein Strom von Willenskraft und Entschlossenheit, der sich durch die Straßen von Aeloria schlängelte und auf den Palast der windlosen Königin zusteuerte. Die ersten Barrieren, errichtet durch Lysandras Wachen, fielen schnell. Lioras Flammen und Elaras Windstöße räumten den Weg frei, während

Thanes Musik die Herzen der Kämpfer stärkte und Aikos List sie vor Überraschungen schützte. Als sie die Tore des Palastes erreichten, standen sie Lysandras Elitegarde gegenüber, doch die Macht der Rebellion war nicht zu stoppen. Jeder Bürger von Aeloria, der sich dem Kampf anschloss, trug zur Flut bei, die über die letzten Verteidigungen Lysandras hinwegfegte. Im Herzen des Palastes, umgeben von den Trümmern ihrer zerfallenden Herrschaft, stand Lysandra, die windlose Königin, ihrer Nemesis gegenüber. Elara, unterstützt von ihrer Crew und dem Widerstand, bereit, den finalen Schlag zu führen.

«Deine Zeit ist vorbei, Lysandra», sagte Elara, ihre

Stimme trug die Macht des Windes und die

Entschlossenheit eines Volkes, das seine Freiheit

zurückforderte.

«Aeloria wird wieder atmen.»

Der Aufstand hatte begonnen, ein Kampf, der das Schicksal von Aeloria für immer verändern sollte. Mit jedem Herzschlag, mit jeder Tat, webten sie das Gewebe der Zukunft neu – eine Zukunft frei von Tyrannei, in der der Wind wieder frei durch die Lüfte wehen konnte.

Die Schlacht um Aeloria

Die Luft über Aeloria vibrierte vor Spannung, als sich die Rebellen und Lysandras Streitkräfte gegenüberstanden. Die einst friedliche Stadt war nun das Schlachtfeld einer Auseinandersetzung, die das Schicksal eines ganzen Reiches bestimmen sollte. Elara, in der vordersten Linie, ihre Augen funkelten mit der Entschlossenheit einer wahren Anführerin, hob ihre Hand. Der Wind gehorchte ihr, wirbelte um sie herum und wartete auf ihren Befehl.

«Heute kämpfen wir nicht nur für unsere Freiheit,

sondern für die Zukunft aller in Aeloria», rief sie ihren

Gefährten zu.»

Caelan stand fest an ihrer Seite, sein Blick fest auf den Feind gerichtet.

«Wir mögen unterschiedlich sein, aber heute sind wir

eins.

Für Aeloria!»

Liora, die Feuerzauberin, ließ ihre Flammen höher schlagen, ein wildes Lächeln auf ihren Lippen.

«Lasst uns diesen Tyrannen zeigen, was es heißt, mit

dem Feuer zu spielen!»

Thane, der stumme Krieger, strich einmal mehr über die Saiten seiner Harfe. Die Melodie, die in die Luft stieg, war eine Hymne des Mutes, die die Herzen der Kämpfenden stärkte und ihre Entschlossenheit festigte. Aiko, flink und unvorhersehbar, flitzte zwischen den Reihen der Rebellen hindurch, ein Geist des Chaos, der die Wachen Lysandras verwirrte und demoralisierte. Mit einem donnernden Ruf, der die Luft durchschnitt, gab Elara das Signal zum Angriff. Die Rebellen stürmten vorwärts, getrieben von der Kraft des Windes und dem Feuer der Revolution. Die Schlacht entbrannte mit einer Intensität, die die Fundamente des Palastes erschütterte. Lysandras Streitkräfte waren zahlreich und gut ausgerüstet, doch sie hatten nicht mit der

Entschlossenheit und dem Zusammenhalt der Rebellen gerechnet. Jeder von Elaras Magiestößen, jeder von Lioras Feuerbällen, jede Melodie Thanes und jeder Trick Aikos trieb die Verteidiger zurück und schwächte ihre Linien.

«Wir müssen zu Lysandra durchbrechen!», rief Caelan,

als er einen Weg durch die Gegner schlug.

«Das ist unsere Chance!»

Die Schlacht wogte hin und her, ein Tanz aus Stahl, Magie und Willenskraft. Doch mit jedem Moment, der verging, gewannen die Rebellen an Boden, getrieben von der Vision einer freien Aeloria. Inmitten des Chaos und des Kampfes fanden Elara und Caelan schließlich ihren Weg zu Lysandra, die hochmütig auf ihrem Thron wartete, umgeben von ihren letzten treuen Wachen. Ihre Augen funkelten kalt, doch in ihnen lag auch ein Funken der Angst vor dem, was kommen würde.

«Deine Herrschaft endet heute, Lysandra», erklärte

Elara, während der Wind um sie herumwirbelte.

«Aeloria wird frei sein.»

Die entscheidende Konfrontation begann, ein Kampf, der über das Schicksal von Aeloria entscheiden sollte. Während die Schlacht außerhalb des Palastes weiter tobte, standen sich hier, im Herzen der Macht, die Zukunft und die Vergangenheit gegenüber, bereit, für die Seele eines Reiches zu kämpfen.

Das Duell

Im Herzen des Palastes, wo die Echos vergangener Herrschaften noch in den opulenten Hallen widerhallten, standen Caelan und Elara der windlosen Königin Lysandra gegenüber. Die Luft knisterte vor magischer Energie, als sich die drei Kontrahenten musterten, wohl wissend, dass die kommenden Momente das Schicksal von Aeloria entscheiden würden. Lysandra, umgeben von einem Sturm der Stille, der ihre Furcht und Macht symbolisierte, blickte herablassend auf die Rebellen.

«Ihr wagt es, gegen mich aufzustehen?

Gegen die, die Aeloria von den Ketten der

Zephyrhexen befreit hat?», spottete sie, ihre Stimme

kalt wie Eis.»

Elara trat vor, der Wind um sie herum ein Zeugnis ihrer erneuerten Kraft.

«Deine 'Befreiung' war eine Tyrannei.

Du hast das Volk von Aeloria seiner Freiheit beraubt.

Doch heute endet deine Herrschaft.»

Caelan zog sein Schwert, die Klinge ein Spiegel seiner Entschlossenheit.

«Wir kämpfen für die Zukunft Aelorias, für eine Welt, in

der Freiheit und Magie wieder blühen.»

Lysandra lachte, ein Klang, der nichts Gutes verhieß, und hob ihre Hände. Dunkle Magie sammelte sich in ihren Handflächen, bereit, auf die Herausforderer niederzufahren. Das Duell begann mit einem Blitz aus dunkler Energie, den Lysandra auf Elara und Caelan schleuderte. Elara, schneller als der Wind selbst, wich aus und konterte mit einem mächtigen Sturmstoß, der Lysandra zu Boden zwang. Caelan nutzte die Gelegenheit, stürmte vorwärts und kreuzte die Klingen mit Lysandras Wachen, die eilten, um ihre Königin zu verteidigen. Mit jedem Hieb und jeder Parade trieb er sie zurück, sein Herz schlug im Takt des Kampfes. Lysandra erhob sich, Wut und Verzweiflung in ihren Augen. Sie entfesselte eine Flut von Magie, die den Raum erfüllte, doch Elara stand fest. Mit einer Geste rief sie die Winde herbei, die Lysandras Angriffen entgegenwirbelten, sie umlenkten und abschwächten.

«Deine Macht ist nicht unendlich, Lysandra», rief Elara,

während sie sich auf das entscheidende Element ihrer Magie konzentrierte.

«Die wahre Stärke liegt im Volk von Aeloria, in ihrem Mut und ihrer Hoffnung.»

In einem finalen Akt der Verzweiflung versuchte Lysandra, einen verbotenen Zauber zu wirken, einen, der alles vernichten könnte. Doch bevor sie die Worte aussprechen konnte, traf Caelan mit einem gezielten Wurf seines Schwertes ihre Hand, und der Zauber zerfiel in nichts. Elara nutzte diesen Moment, um all ihre Kraft zu bündeln. Der Wind erhob sich, ein Sturm aus Freiheit und Veränderung, der durch den Palast fegte und Lysandras letzte Verteidigung zerbrach. Mit einem Schrei, der die Mauern erzittern ließ, wurde Lysandra von der eigenen Dunkelheit verschlungen, die sie zu beschwören versucht hatte. Als der Sturm abklang, standen Caelan und Elara atemlos, aber siegreich in der Stille, die folgte. Lysandra war geschlagen, ihre Tyrannei beendet. Zusammen hatten sie das Unmögliche möglich gemacht.

«Es ist vorbei», sagte Caelan leise, Elara anblickend, deren Augen vor Freudentränen glänzten.

«Ja», antwortete sie, ihre Hand nach ihm ausstreckend.

«Aeloria ist frei.»

Das Duell mag vorüber sein, doch ihr Kampf für Aeloria war erst der Anfang. Doch in diesem Moment, umgeben von den Trümmern der Tyrannei, wussten sie, dass sie zusammen jede Dunkelheit überwinden konnten. Aeloria blickte einer neuen Ära entgegen, einer Ära der Hoffnung und des Neuanfangs.

Ein neuer Anfang

Als die Stille sich über den Palast legte und die letzte Dunkelheit von Lysandras Magie verweht wurde, standen Caelan und Elara zusammen mit ihren Gefährten im Zentrum des Sieges, der mehr als nur den Fall einer Tyrannin markierte. Es war der Beginn einer neuen Ära für Aeloria, einer Ära, in der die Winde wieder frei wehten und die Herzen der Menschen von Hoffnung erfüllt waren.

«Wir haben es geschafft», sagte Elara, ihre Stimme ein

sanfter Windhauch, der die Ruinen um sie herum

streichelte.

«Lysandras Herrschaft ist vorüber.

Die Lüfte gehören wieder dem Volk.»

Caelan, der neben ihr stand, konnte nicht anders, als auf die Stadt unter ihnen zu blicken.

«Schaut, die Menschen kommen aus ihren Verstecken.

Sie können es fühlen – die Freiheit.»

Liora, deren Feuer nun sanfter brannte, ein Leuchtfeuer der Freude und des Neuanfangs, lachte hell.

«Sie werden Geschichten über diesen Tag erzählen.

Geschichten über den Mut derjenigen, die sich erhoben

haben, um gegen die Dunkelheit zu kämpfen.»

Thane, der stumme Krieger, dessen Musik die Schlacht inspiriert hatte, spielte nun eine Melodie des Friedens und der Erneuerung. Seine Noten trugen weit über die Mauern des Palastes hinaus, ein Versprechen, dass Aeloria nie wieder in Stille gefangen sein würde. Aiko, der schlaue Fuchsgeist, tänzelte um sie herum, seine Augen funkelten vor Freude.

«Die Welt ist wieder voller Geschichten, die darauf

warten, erzählt zu werden», schien er zu sagen, seine

Gestalt ein Schimmer zwischen den sich erhebenden

Winden.

«Es ist Zeit, den Menschen von Aeloria die Wahrheit zu

offenbaren», sagte Elara und drehte sich zu ihren

Gefährten um.

«Sie müssen wissen, dass die Freiheit, für die wir

gekämpft haben, auch ihre Freiheit ist.

Dass jeder von ihnen ein Teil dieses Sieges ist.»

Gemeinsam traten sie auf den Balkon des Palastes, wo sie sich dem Volk zeigten. Die Menge, die sich im Laufe des Morgens versammelt hatte, brach in Jubel aus, als sie ihre Befreier sahen. Die Luft war erfüllt von Rufen und Gesängen, ein Sturm der Freude, der durch die Straßen wehte.

«Meine Freunde», rief Elara, ihre Stimme verstärkt

durch die Winde, die ihr gehorchten, «die Dunkelheit

ist vorüber.

Aeloria ist frei.

Aber dies ist nicht das Ende unserer Reise – es ist ein

neuer Anfang.

Ein Anfang, in dem jeder von uns die Verantwortung trägt, unser Reich mit Hoffnung, Liebe und Freiheit zu füllen.»

Caelan fügte hinzu:

«Gemeinsam haben wir die Ketten gesprengt, die uns gefangen hielten. Nun liegt es an uns, Aeloria wieder aufzubauen, besser als es jemals war.

Lasst uns Hand in Hand gehen, als ein Volk, vereint durch unseren Traum von Freiheit.»

Die Sonne brach durch die Wolken, ein goldenes Licht, das die neue Ära von Aeloria begrüßte. Ein Zeitalter, in dem die Lüfte wieder zu einem Ort der Magie und der Möglichkeiten wurden, getragen von den Flügeln der Hoffnung, die in den Herzen aller Aelorier lebte. Der Fall Lysandras war nicht nur das Ende einer Tyrannei, sondern der Beginn eines Weges, den die Menschen von Aeloria gemeinsam beschreiten würden, ein Weg voller Herausforderungen, aber auch voller Versprechen für eine hellere Zukunft.

Wiederaufbau und Hoffnung

In den Tagen nach dem Sturz der windlosen Königin begann Aeloria, sich langsam aus den Schatten der Unterdrückung zu erheben. Die Straßen der Stadt, einst stumm und leer, füllten sich nun mit Leben, mit den Stimmen der Menschen, die sich frei äußern und bewegen konnten. Überall in Aeloria arbeiteten die Bewohner Hand in Hand, um ihre Stadt wieder aufzubauen – nicht nur ihre Gebäude, sondern auch das Fundament ihrer Gemeinschaft. Caelan stand auf dem Marktplatz, beobachtete die emsigen Tätigkeiten um ihn herum und konnte ein Gefühl des Stolzes nicht verbergen.

«Seht nur, wie stark wir sind, wenn wir

zusammenarbeiten.

Aeloria wird wieder ein Ort der Hoffnung sein.»

Elara, die neben ihm stand, nickte zustimmend.

«Die Freiheit, die wir erkämpft haben, ermöglicht es

uns, eine neue Welt zu schaffen.

Eine Welt, in der Magie und Menschlichkeit im

Einklang stehen.»

Liora, deren Feuer nun dazu diente, die Nacht zu erhellen und Wärme zu spenden, lächelte.

«Ich hätte nie gedacht, dass ich den Tag erleben würde,

an dem meine Flammen Hoffnung statt Furcht

verbreiten.»

Thane, der die Wiederaufbauarbeiten mit seiner Stärke und seinem unerschütterlichen Geist unterstützte, spielte abends Lieder, die die Geschichten ihres Kampfes und ihrer Träume für die Zukunft erzählten. Die Musik wurde zum Soundtrack des Neuanfangs, eine Erinnerung daran, dass aus der Dunkelheit immer das Licht hervorgehen kann. Aiko, der schlaue Fuchsgeist, flitzte durch die Stadt und verbreitete Geschichten der Heldentaten und des Mutes, die das Herz von Aeloria neu entfacht hatten.

«Jede Geschichte hat ein Ende, aber in Aeloria beginnt

mit jedem Ende eine neue Geschichte», flüsterte er den

Kindern zu, die ihm folgten, fasziniert von seinen

Erzählungen.

«Wir müssen auch an diejenigen denken, die nicht mehr

bei uns sind», sagte Elara eines Abends, als die Crew

zusammenkam.

«Ihre Opfer haben uns hierhergeführt.

Wir werden sie ehren, indem wir Aeloria zu einem Ort

machen, auf den sie stolz gewesen wären.»

Caelan legte seine Hand auf ihre Schulter.

«Ihre Erinnerung wird in dem Aeloria weiterleben, das

wir aufbauen.

Ein Ort der Freiheit, der Liebe und des Miteinanders.»

In den folgenden Monaten nahm Aeloria Gestalt an, ein
lebendiges Zeugnis dessen, was erreicht werden kann,
wenn Menschen sich für die Freiheit und das Wohl aller
einsetzen. Die Magie durchwob die Stadt erneut, nicht als
Werkzeug der Unterdrückung, sondern als Quelle der
Freude und des Wachstums. Und so, während Aeloria
sich erholte und blühte, tat es auch die Hoffnung in den
Herzen seiner Bewohner. Sie blickten einer Zukunft
entgegen, die sie selbst gestalten konnten, einer Zukunft,
die so hell und weit war wie der Himmel über ihnen. Ein
neuer Anfang, in dem Freiheit und Magie Hand in Hand
gingen, um ein neues Kapitel in der Geschichte Aelorias
zu schreiben.

Epilog

Als der Staub der letzten Schlacht sich legte und die Freudenfeiern in den Straßen von Aeloria verklungen waren, fanden sich Caelan und Elara auf den Ruinen des alten Palastes wieder. Sie blickten hinaus auf die schwebenden Inseln, deren Zukunft nun so ungewiss wie der Wind selbst war. Der Fall Lysandras hatte zwar Freiheit gebracht, doch mit ihr kamen auch Fragen und Herausforderungen, die das Fundament ihrer neu gewonnenen Hoffnung zu erschüttern drohten.

«Wir haben eine neue Ära eingeläutet, Elara», sagte

Caelan leise, die Weite des Himmels betrachtend.

«Doch ich frage mich, welche Geschichten der Wind

morgen singen wird.»

Elara, deren Blick in die Ferne gerichtet war, wo der Horizont die schwebenden Inseln umarmte, nickte nachdenklich.

«Die Winde sprechen von Wandel, Caelan.

Sie flüstern von den Träumen und Ängsten der

Menschen.

Unsere Aufgabe ist es nun, diesen Winden zu lauschen

und zu führen, wo wir können.»

In der Stille, die folgte, schwang ein unausgesprochenes Versprechen mit – ein Versprechen, Aeloria durch die Stürme zu navigieren, die zweifellos vor ihnen lagen. Doch während sie dort standen, vereint in ihrem Blick nach vorn, ahnten sie nicht die Schatten, die sich jenseits ihres Blickfeldes sammelten. Schatten, die von Mächten kündeten, die das Vakuum zu füllen drohten, das Lysandras Fall hinterlassen hatte. Die Fortsetzung beginnt mit einer Welt im Umbruch. Caelan und Elara, nun gefeiert als Helden, stehen vor der vielleicht größten Herausforderung ihrer Zeit: der Schaffung einer neuen Ordnung in Aeloria, einer Ordnung, die die Fehler der Vergangenheit nicht wiederholt. Doch die Geister der Vergangenheit sind nicht leicht zu besänftigen. Alte

Konflikte flammen wieder auf, und neue Bedrohungen suchen die schwebenden Inseln heim. Gerüchte über eine dunkle Macht jenseits der Wolken beginnen, die Hoffnungen auf Frieden zu verdüstern. Eine Macht, die das fragile Gleichgewicht, das sie zu halten versuchen, zerstören könnte. Während Elara die Tiefen ihrer Verbindung zu den Winden erforscht, entdeckt sie, dass ihre Magie weit mehr als nur eine persönliche Gabe ist – sie ist ein Schlüssel zu den Geheimnissen, die Aeloria im Kern zusammenhalten. Caelan hingegen muss lernen, dass wahre Führung nicht nur im Kampf, sondern auch in der Weisheit liegt, die nötig ist, um ein Volk durch die Unsicherheit zu leiten. Zusammen mit alten Freunden und neuen Verbündeten begeben sich Caelan und Elara auf eine Reise, die sie nicht nur durch die physischen Weiten Aelorias führt, sondern auch durch die Labyrinthe der Seele.

ENDE

Nachwort

Liebe Leserin, lieber Leser,

mit dem Abschluss dieses Buches möchte ich Ihnen meinen aufrichtigen Dank aussprechen. Ihre Unterstützung und Ihr Interesse an dieser Geschichte bedeuten mir viel. Nun, da Sie die Reise durch die Seiten dieses Buches vollendet haben, möchte ich Ihnen einige abschließende Gedanken mit auf den Weg geben. Ich freue mich, bekannt zu geben, dass die Geschichte in einem zweiten Band fortgesetzt wird. Seien Sie gespannt auf neue Abenteuer und Wendungen!

Mit herzlichen Grüßen,

Erdem Yigitsoy